HÉSIODE ÉDITIONS

AMÉDÉE ACHARD

Miss tempête

Hésiode éditions

© Hésiode éditions.

1 rue Honoré - 93500 Pantin.
ISBN 978-2-493135-15-5
Dépôt légal : Septembre 2022

Impression Books on Demand GmbH

In de Tarpen 42
22848 Norderstedt, Allemagne

Miss tempête

I.

Chaque année, et deux fois par an, au printemps et en automne, la maison que Mme d'Orbigny occupait à Rambouillet, à l'une des extrémités de la ville, du côté de la vénerie, recevait la visite de Mme de Neulise, chassée de Paris par la fatigue, et plus encore par l'habitude. Cette maison, vaste, solidement bâtie, et toute percée de couloirs obscurs, de longs corridors tortueux, faisait alors divorce avec le silence. Ce n'était plus que chants, éclats de rire et longues conversations qui ne tarissaient pas. Le refrain d'une chanson pétillait au rez-de-chaussée, la ritournelle d'une valse y répondait au premier étage, et deux ou trois jeunes têtes rieuses se montraient aux fenêtres. Une bande de jolis petits chiens ébouriffés comme des broussailles, et si drôles qu'on aurait pu croire qu'ils arrivaient de Nuremberg, trottaient par les escaliers en jappant, et les coqs de la basse-cour, surpris et charmés, mêlaient consciencieusement leurs notes les plus aiguës à cet aimable et joyeux concert.

Tout ce tapage avait pour cause la présence de Mlle Marthe de Neulise à Rambouillet : elle voulait qu'il commençât dès l'aurore et qu'il ne finît point après minuit. Jamais on ne vit personne plus remuante ; sa sœur Marie assurait qu'elle avait les jambes fatiguées rien que de voir Marthe aller et venir par la maison. Le fait est qu'on l'apercevait à la même minute dans le jardin et sur le balcon. Tout à l'heure elle jouait du piano dans le salon d'apparat ; mais si on avait à lui parler, il fallait bien se garder de l'y chercher : Marthe était au fond du bosquet, un livre à la main. Il lui paraissait que le mouvement était une condition essentielle du bonheur. Quand elle demeurait en place et muette, c'était pour admirer le silence et l'immobilité de Marie. Un air de danse, fredonné d'une voix leste, mettait fin à la contemplation. – Ah ! Dieu ! disait-elle en secouant sa sœur par les épaules, comment fais-tu donc pour ne pas bouger ?... Si l'on me condamnait à t'imiter, j'en mourrais ! – En cela, Marthe était la vraie fille de sa mère. On avait dit de Mme de Neulise qu'elle était réfractaire au malheur, – propos de chimiste appliqué à la physiologie ; – on le disait aussi de Marthe, à qui cet amour du plaisir, des chansons et du bruit, qu'elle faisait voir en toute occasion, avait mérité le surnom familier de miss Tempête.

Il était impossible de rencontrer deux sœurs qui eussent au moral moins de ressemblance que Marthe et Marie. Miss Tempête ne concevait pas qu'on pût vivre sans aller trois fois par semaine au bal ; le reste du temps appartenait aux théâtres, aux concerts, aux promenades. La musique lui plaisait, elle raffolait de la danse, et montait à cheval avec l'ardeur et l'entrain d'une Bradamante. Pour cette jeune tête, l'amusement était le but de la vie ; elle en faisait un tourbillon. Elle traversait le monde avec l'aisance et l'élan d'un bel oiseau qui chante et bat de l'aile sous le ciel bleu. Mme d'Orbigny, qui l'adorait, la prenait quelquefois par les deux mains pour la forcer de rester tranquille. – Si tu n'as pas été jadis écureuil, lui disait-elle, tu as certainement du sang d'hirondelle dans les veines. – Marthe l'embrassait et prenait son vol. Marie au contraire faisait son bonheur du calme, de la lecture, de la solitude. Dans les circonstances ordinaires, sa bouche ne s'ouvrait que pour dire le nombre exact de paroles strictement nécessaire à la consommation de tous les jours ; mais si par un mot imprévu, dans un cercle étroit d'amis, la conversation tombait sur un livre, sur une idée, sur un sentiment qui répondait à certains mouvemens secrets de sa pensée, on la voyait s'animer ; sa parole s'élevait, et on découvrait un coin charmant de son cœur et de son esprit ; puis, si elle s'apercevait qu'on l'écoutait, elle rougissait et s'enfuyait. Elle n'avait par intervalles un peu d'épanchement qu'avec sa sœur, et encore fallait-il qu'une secousse l'y déterminât. Il eût suffi à un observateur de voir le casier où les deux sœurs serraient leur musique pour deviner la différence de leur caractère. À Marthe, la musique vive et joyeuse, les valses les plus nouvelles, les airs de danse les plus alertes ; à Marie, les œuvres sévères des maîtres, les inspirations de la musique allemande, Gluck, Schubert, Mozart, Beethoven. Marie avait une voix belle et sympathique dont elle se servait timidement ; mais quand elle s'abandonnait seule à l'ivresse du chant, elle arrivait jusqu'à l'émotion la plus intense, et on la surprenait quelquefois le visage couvert de larmes.

Rien ne pouvait altérer la profonde affection qui unissait les deux sœurs. Bien que d'humeur et de goûts opposés, elles s'entendaient à merveille, et se revoyaient avec une tendresse et une effusion que l'éloignement ne diminuait pas. Marie, qui s'était réfugiée auprès de Mme d'Orbigny, sa marraine et sa tante, par horreur du bruit, passait à Paris annuellement le même nombre de jours que Marthe, qui ne quittait pas Mme de Neulise, passait à Rambouillet. Ce n'était certes pas beaucoup pour une amitié qui n'avait souffert aucun nuage ; mais on se rencontrait au printemps et en automne avec un bonheur plus vif, qui allait presque aux confidences de la part de Marie, presque à l'attendrissement de la part de miss Tempête.

On peut trouver singulier que Mlle de Neulise eût consenti à se séparer de l'aînée de ses filles ; mais il entrait dans ses principes qu'il ne fallait contrarier personne : elle s'épargnait ainsi des efforts qui étaient contraires à sa bonté et, il faut bien le dire, à son indolence. Marie ayant, dès son adolescence, témoigné le désir de vivre à la campagne et dans la retraite, sa mère, après quelques observations caressantes, l'avait elle-même conduite à Rambouillet. Les meilleurs amis de Mme de Neulise virent dans ce petit voyage une grande preuve de tendresse maternelle. La mondaine s'était dérangée au cœur de l'hiver, la veille d'un bal costumé. Les sacrifices se mesurent au tempérament ; celui-là était le plus grand que Mme de Neulise pût faire.

Mme de Neulise avait épousé à dix-huit ans un médecin fameux qui en comptait près de quarante. Douze ans après, il ne parut pas que l'âge eût apporté aucun changement ni dans son caractère ni dans ses traits. Telle on l'avait connue à Toulouse tout enfant, telle on la retrouvait grande dame à Paris. M. de Neulise l'adorait. Esclave de la science à laquelle il avait consacré sa jeunesse, c'était la première, la seule femme qu'il aimât. L'empire qu'elle exerçait sur lui tenait de la fascination. Ils vécurent ainsi pendant une quinzaine d'années, sans que l'œil le plus soupçonneux et l'esprit le plus enclin à la médisance eussent une seule fois l'occasion de découvrir entre eux l'apparence d'un trouble intérieur, l'ombre d'une mésintelligence. Celui qui aimait le plus avait plié ses goûts à ceux de l'autre : ajoutons qu'il ne s'en plaignait pas. La présence de sa femme éclairait en rose tout ce qui entourait le médecin, et lui faisait voir des merveilles où son esprit lui montrait des abîmes. Pour satisfaire à l'existence mondaine, bruyante, coûteuse, vers laquelle Noémi l'entraîna dès le lendemain de son mariage, et qui ne s'arrêta plus, M. de Neulise redoubla d'efforts. La science et la clientèle se partagèrent son temps ; l'une même empiéta sur l'autre : M. de Neulise eût préféré peut-être un autre genre de vie, mais il n'était pas le maître d'arranger la sienne à sa guise. Bien plus même, dans la sublime abnégation de l'amour qui remplissait tout son cœur, jamais la pensée ne lui vint que Noémi lui dût quelque reconnaissance pour cette immolation constante qu'il lui faisait de ses instincts et de sa vocation. Il mettait tout à ses pieds ; en retour, il ne lui demandait que d'être heureuse.

Mme de Neulise avait donné deux filles à son mari. Venues à quinze mois d'intervalle, leur présence n'apporta aucun changement dans les habitudes de la maison. Les filles dormirent dans leur berceau, la mère ne déserta pas le bal, et le père s'acharna au travail avec une ardeur plus âpre et plus soutenue. À cinquante-cinq ans, le praticien, brisé par la continuité d'un travail écrasant, éprouva les premières atteintes d'une hypertrophie du cœur dont il avait depuis quelque temps constaté les symptômes. Il se sentit perdu. Sans abandonner sa femme, sa pensée se porta sur ses enfans. À l'heure suprême de la mort, il trouva le courage, pour la première fois, de donner un conseil à Noémi, qui pleurait en l'embrassant : – Nous ne sommes pas bien riches, lui dit-il ; essaie d'économiser. – Et comme s'il avait craint de la froisser en faisant allusion à une fortune qu'elle n'avait pas apportée : – Un peu, rien qu'un peu ! – ajouta-t-il en portant les mains de sa femme à ses lèvres. Noémi le promit, et prouva, quinze jours après, que si son cœur regrettait amèrement M. de Neulise, elle ne pensait plus à sa promesse.

On sait que deux fois par an, au mois de mai et au mois de septembre,

Mme de Neulise et miss Tempête rejoignaient Marie à Rambouillet : mais, si vif que fût l'attachement de la mère pour la fille, elle ne pouvait se résigner à demeurer sans bruit et sans mouvement, ne fût-ce que pour quinze jours seulement, entre les murs d'un hôtel de province. Elle amenait donc avec elle trois ou quatre personnes choisies parmi les plus remuantes de sa société, et leur faisait les honneurs de Rambouillet. Sa sœur. Mme d'Orbigny, bonne et complaisante, lui avait dit une première fois que la maison avec tout ce qui en dépendait était à elle ; Mme de Neulise en usait largement, et ce n'étaient bientôt plus que promenades champêtres, dîners sur le gazon du parc, cavalcades, danses improvisées et petits concerts au milieu desquels Noémi n'était pas la moins remarquée et la moins adulée. Il n'y avait pas d'ailleurs à se gêner avec Mme d'Orbigny ; séparée de son mari depuis sa première jeunesse, veuve, ou peu s'en faut, depuis un certain nombre d'années, elle avait le caractère ainsi fait que rien n'était à elle, pas même ses goûts et ses opinions. On l'aurait comparée volontiers à un miroir toujours prêt à réfléchir l'azur du ciel ou les couleurs sombres des nuées, si elle n'avait eu au fond du cœur un foyer constant de tendresse et de dévouement. Elle vivait dans la retraite depuis quinze ans et en avait alors trente-sept.

À cette époque de l'année, Mme d'Orbigny, qu'on rangeait à bon droit parmi les riches propriétaires de l'arrondissement, se mettait en quatre pour distraire sa brillante sœur et Marthe, sa nièce. On rendait, en galant équipage, visite aux fermes que Mme d'Orbigny possédait aux environs et aux châteaux où elle avait des relations. On séjournait même quarante-huit heures à La Grisolle, une métairie dont les prés et les champs côtoyaient la forêt des Yvelines ; on y trouvait l'occasion de souper en bruyante compagnie et de sauter sur l'herbe. Un autre intérêt y conduisait Marthe, que Marie appuyait cette fois. Ces petits voyages leur permettaient de renouveler connaissance avec un jeune homme du pays qu'elles aimaient depuis leur première enfance. Aussitôt qu'elles étaient à La Grisolle, aucune d'elles n'aurait consenti à croquer une cerise avant d'avoir vu Valentin. Valentin arrivait alors, tortillant les bords de son chapeau de paille, confus, rougissant, maladroit, ivre de plaisir. Il fallait bien un jour entier pour qu'il rentrât en possession de lui-même, et encore était-il besoin qu'il fut seul avec les deux sœurs. Dès qu'un étranger apparaissait, Valentin se sauvait, étant de cette race d'êtres souffrans, prédisposés à l'épouvante par de continuelles infortunes. Atteint dès l'âge le plus tendre d'une ophthalmie grave qui l'avait contraint pendant quelque temps à porter des lunettes bleues, il eut à endurer de la part des écoliers de son village tous les mauvais traitemens, toutes les longues taquineries qu'inspire à cette implacable engeance le spectacle d'une infirmité. Ces malheureuses lunettes bleues avaient été la cause de mille supplices sans cesse rafraîchis par l'imagination féconde des camarades de Valentin. Faible et chétif malgré sa haute taille, il ne pouvait se défendre ; nombre de coups lui avaient prouvé qu'il n'était pas le plus fort : il s'habitua à faire de la résignation sa seule arme. Une commission dont son protecteur, le père Favrel, instituteur communal à La Villeneuve, l'avait chargé pour La Grisolle, le mit un jour en rapport avec Mme de Neulise. On lui donna des bonbons. Encourage par une bonté à laquelle il n'était pas accoutumé, Valentin offrit en échange à Marthe et à Marie de petites figures de bois très jolies qu'il taillait avec son couteau. Les deux enfans prirent le pauvre orphelin en amitié. Par raillerie, les gars du pays l'appelaient Mlle Valentin ; le fait est qu'il avait dans le cœur la douceur et la tendresse d'une femme. Le temps n'altéra jamais les bons rapports qui unissaient Marthe et Marie à ce déshérité ; elles avaient sauté sur ses genoux, elles s'appuyèrent volontiers sur son bras. Quand vint l'époque où il dut tirer au sort, le père Favrel se trouva dans un grand embarras. Valentin, qu'il aimait à cause de sa faiblesse et de son isolement, pouvait trouver dans l'urne un mauvais numéro. Un pareil soldat mourrait certainement de désespoir dès la première garnison : Marthe et Marie parlèrent à Mme de Neulise, qui, généreusement et sans hésiter, fournit la somme qui devait sauver Valentin. La nouvelle de ce bienfait toucha profondément le jeune homme, mais ni l'âge ni la reconnaissance ne purent vaincre sa timidité ; cependant il suivait volontiers ses protectrices à Rambouillet, quand on songeait à l'y appeler.

Un ami de la famille, qui s'était retiré à Rambouillet, où il avait été attiré par la présence de Mme d'Orbigny, pour laquelle on le soupçonnait de nourrir à soixante ans d'inutiles ardeurs, prenait quelquefois à partie Mme de Neulise, qu'il accusait de manger le sec et le vert. Le vieil avoué savait compter, et son amour platonique pour l'une des sœurs ne l'empêchait pas de voir clair dans le désordre chronique de l'autre. C'était donc entre la veuve du médecin et M. Antonin Pêchereau des querelles intestines et d'interminables discussions qui ne réussissaient pas à les brouiller.

– Je vous dirai ce qui vous reste à un son près, et ce n'est pas grand'chose, disait l'avoué.

– Vous radotez, j'ai de l'argent partout, répondait la veuve.

– Où ?

– Chez des gens qui s'entendent mieux à le faire valoir que certains bourrus de ma connaissance, vilain curieux !

– Et cela vous rapporte ?

– Douze ou quinze pour cent ! des rentes magnifiques… Etes-vous content ?

– Bien au contraire… Ces gens-là vous donneront tant qu'ils finiront par tout emporter.

Mme de Neulise haussait les épaules, faisait la moue et s'en allait en fredonnant. M. Pêchereau la suivait des yeux, inquiet, furieux et attendri. – Ah ! disait-il en frappant du talon par terre, c'est un printemps éternel, toujours des fleurs, jamais de fruits ! – Et malgré lui, mentalement il ajoutait : – Si je n'avais pas aimé la sœur, je l'aurais adorée, cette folle !

Mme de Neulise n'était pas la seule personne à laquelle le bonhomme cherchât noise. Marthe avait le regain des mercuriales qu'il réservait à sa mère. Toute occasion était bonne pour les remontrances et les leçons. – Pensez-vous, lui disait-il quelquefois, que la vie soit un éclat de rire ?... Vous la traitez comme une chanson !

– Cela vaut mieux que d'en faire une homélie, répondait miss Tempête.

– Quand vous aviserez-vous de raisonner, méchante linotte ?

– Quand il le faudra, monsieur le hibou.

– Bon ! il sera trop tard alors. Le malheur n'a pas coutume de se faire annoncer par des chambellans.

– Eh bien ! s'il cogne à la porte, on lui ouvrira.

Là-dessus, Marthe prenait les deux pans de sa jupe du bout des doigts, faisait une belle révérence comme à la comédie, et, jetant un baiser à son interlocuteur, disparaissait en pirouettant.

Un certain jour que M. Antonin Pêchereau avait sermonné plus que de coutume, jurant qu'il fallait de bonne heure s'habituer à tout et prévoir les plus grands désastres pour être en mesure de les supporter, Marthe lui prit résolument le bras. – Écoutez, lui dit-elle ; on sait des philosophes qui ont fait de gros livres où j'ai mis le nez par hasard : toute leur éloquence s'évertue à vous démontrer que la vie est comme une auberge où l'homme ne fait que passer, et qu'il faut apprendre à mourir. M'est avis que si la vie est une auberge, il n'est guère d'usage d'aller dans les hôtelleries pour y faire maigre chère et s'ennuyer. Quant à mourir, c'est une chose que la mort se charge d'enseigner elle-même sans grands discours. Beaucoup d'imbéciles qui n'en avaient pas l'expérience l'ont appris en un quart d'heure, et ne s'en sont pas trouvés plus mal ; bien plus même, ils ont fait l'économie des réflexions.

– C'est fort beau ; mais la conclusion de tout cela ? demanda l'avoué.

– La conclusion, mon ami, est que, sauf votre respect, vous n'avez pas assez médité sur la force des six mots que voici : ce qu'il faut, il le faut.

L'avoué ne répliqua point. Il lui semblait en ce moment qu'il avait devant lui M. de Neulise, mais M. de Neulise jeune et beau. Marthe en avait les yeux, la voix, le mouvement, la volonté. – L'étrange petite fille ! murmura-t-il quand elle se fut éloignée, ça vit de romances et de pralines, et ça raisonne !... C'est à croire quelquefois qu'il y a une tête là-dessous !

II.

Marthe avait cela de singulier qu'en ressemblant à sa mère, dont elle reproduisait les traits charmans, elle faisait penser à M. de Neulise. C'était quelque chose d'indéfinissable qui frappait tous les yeux : cela brillait par éclairs, et cela saisissait, quand elle parlait surtout. Marie, qui avait le même visage, c'est-à-dire la même bouche, le même nez, le même front, les mêmes cheveux, faisait bien voir au premier regard qu'elle était la sœur de Marthe ; mais cette ressemblance, éclatante lorsque la timide recluse ne faisait que passer, diminuait bientôt quand les deux jeunes filles restaient ensemble quelques instants, et s'effaçait par degrés jusqu'à disparaître presque tout à fait, si la conversation prenait un tour vif et rapide. Le masque était semblable, la physionomie ne l'était pas. Et quel peintre, quel artiste, quel amant de l'idéal ne sait pas que la vie est dans l'expression, l'être intérieur dans la physionomie ?

Avec une bonté également douce qui frappait dès la première heure, les deux sœurs se séparaient par des nuances de caractère qu'on ne distinguait pas avec la même facilité. Avec Marthe, c'était l'affaire d'un jour, quelquefois d'un moment. Elle était comme une plaine unie où l'œil du voyageur découvre à d'énormes distances le moindre buisson ; il en sait tous les accidens avant d'y poser le pied. Les amis de la maison n'ignoraient donc pas que Marthe avait un fonds d'obstination que rien n'ébranlait dès qu'elle croyait être dans le vrai ; elle était de soie et de velours jusqu'au moment où, sous cette surface brillante et moelleuse, on rencontrait le roc. Mme de Neulise ne s'y heurtait pas. Miss Tempête avait l'entêtement gai ; elle ne se fâchait pas, ne disputait pas : elle riait et restait enracinée dans son idée. Cette bonne humeur n'excluait pas, il est vrai, une disposition toute particulière à l'impatience. Aussitôt qu'une chose était décidée, rien n'allait assez vite à son gré ; il lui prenait par momens des boutades qui partaient en fusées, et qui frappaient les personnes qu'elle aimait le plus sincèrement. À la première larme, tout tombait : mais, gâtée jusque dans ses moindres caprices, jamais elle n'avait appris à se maîtriser et ne faisait aucun effort pour y réussir. La surprise s'emparait de Marie quand elle assistait à ces explosions ; mais à son tour Marthe ne pouvait se défendre d'un grand étonnement quand elle surprenait la trace légère et voilée à demi d'une excessive susceptibilité en matière de sentiment, que sa sœur cachait au plus profond de son être.

– Que t'importe de céder ? disait l'une, que t'importe de partir aujourd'hui ou de partir demain ?

– Pourquoi pleurer quand ta marraine oublie de t'embrasser le matin ? disait l'autre.

Marthe et Marie secouaient la tête chacune à son tour.

– Tu n'as pas de sang dans les veines, répondait miss Tempête.

– Tu ne sauras jamais aimer, répliquait Marie.

Ce dernier mot faisait réfléchir l'insouciante fille de Noémi. – C'est possible, reprenait-elle après un court silence ; mais il en est, je crois, de ces sentimens comme du chant des oiseaux : la tourterelle roucoule, la fauvette gazouille, et chacune garde son nid.

Le départ de Mme de Neulise et de Marthe faisait tout rentrer dans le calme. La vieille maison de Rambouillet ne s'ouvrait plus que pour recevoir la visite de M. Pêchereau. Mme d'Orbigny et Marie employaient huit jours à mettre un peu d'ordre dans les appartemens ; on voyait que Marthe avait passé partout. Marie recueillait tous les petits objets oubliés par sa mère et sa sœur, elle les serrait précieusement. Selon l'expression de Marthe, elle mettait un morceau de son cœur partout. Elle écrivait alors à Paris de longues lettres où l'on sentait combien miss Tempête lui manquait. Les livres et la musique étaient bientôt son refuge. Au bout de la semaine, l'existence, un instant bouleversée, des deux recluses reprenait son cours monotone et régulier. Le soir, on causait au coin du feu en écoutant le vent d'hiver battre contre les persiennes. Marie faisait de la tapisserie, Mme d'Orbigny écrivait ou brodait ; à dix heures, M. Pêchereau se levait, prenait son chapeau et s'en allait. Au même moment, Mme de Neulise et Marthe, assises dans une loge à l'Opéra ou aux Italiens, attendaient l'heure de partir pour le bal.

Un jour, une lettre arriva à Rambouillet ; elle était de Marthe et ne contenait que quelques mots. Mme de Neulise était au plus mal, une pleurésie l'avait saisie à la sortie d'un bal. Mme d'Orbigny et Marie partirent sur-le-champ ; elles trouvèrent Mme de Neulise expirante. Trois jours avaient rapproché du tombeau cette existence qui florissait dans la lumière. Noémi n'avait presque jamais pleuré ; elle n'eut presque pas le temps de souffrir.

Mme d'Orbigny et Marie ramenèrent Marthe à Rambouillet. Les prévisions de M. Pêchereau se réalisèrent. La succession de Mme de Neulise liquidée, on ne trouva rien. Encore quelques mois, et elle eut été forcée elle-même de renoncer à la vie mondaine. Quand on fit part de ce résultat à Marthe, elle eut un mouvement de joie naïf. – Tant mieux, dit-elle, ma pauvre mère n'aura rien eu à regretter.

Une révolution venait de se faire dans l'existence de Marthe. Effarée d'abord par une douleur sans bornes, elle paraissait étonnée de pleurer. Son indifférence superbe éclata dans les questions d'intérêt ; elle n'attacha d'importance qu'à celles qui touchaient directement sa sœur. Alors on la retrouva vive et prompte dans ses décisions. Dans le partage qu'on fit du modeste héritage que leur laissait Mme de Neulise, la plus grosse part, grâce à Marthe, revint à Marie. – J'ai dépensé en un mois, disait-elle, ce qu'elle coûtait en un an ; il est juste que nous comptions. – On vit dès lors poindre un sentiment de protection, qui, intervertissant l'ordre naturel des choses, faisait de Marthe la sœur aînée et de Marie la sœur cadette : l'une dirigeait quand l'autre subissait. Presque en même temps on s'accoutuma à donner à Marthe le nom exclusif de Mlle de Neulise ; Marie était Marie seulement : cela se fit sans qu'on y pensât. – Voilà qui est singulier ! disait M. Pêchereau.

Marthe ne semblait pas non plus embarrassée ni malheureuse dans la vieille maison de Rambouillet. Son activité et ce besoin extrême de mouvement qui était en elle lui faisaient découvrir des occupations où Marie passait son temps en lectures et en rêveries. Comme un arbuste vigoureux transplanté sur un sol inconnu enfonce dans la terre ses robustes racines et y puise la sève, Marthe, ébranlée un instant, se rattachait à la vie par mille liens.

L'un des premiers soins de Marthe fut de s'informer de Valentin ; elle se rendit même à La Grisolle pour le voir. Elle apprit que Valentin n'était pas à La Villeneuve ; le vieux bonhomme Favrel avait recueilli un héritage qui lui venait d'un frère mort au Brésil et dont on n'avait point de nouvelles depuis trente ans. Le premier soin du maître d'école avait été d'envoyer à Paris son fils d'adoption, qui pourrait ainsi se perfectionner dans un art dont une vocation naturelle lui avait enseigné les premiers élémens. Valentin travaillait donc dans l'atelier d'un sculpteur. M. Favrel continuait lui-même à grouper sur les bancs de l'école tous les marmots du village. Il est de ces tourmens dont on ne peut perdre l'habitude lorsqu'on les a subis pendant de longues années, et M. Favrel n'aurait su que faire de son temps, s'il n'avait eu une bande d'écoliers, grands et petits, criant autour de lui.

Mme d'Orbigny semblait alors plus agitée qu'on ne l'avait jamais vue. Elle s'enfermait seule durant de longues heures, n'était pas toujours exacte aux réunions du soir, recevait beaucoup de lettres d'une écriture inconnue, soupirait souvent et sautait sur sa chaise toutes les fois qu'une grande fille, appelée la Javiole, qu'elle avait à son service depuis quelque vingt ans, entrait dans le salon et lui glissait deux ou trois mots à l'oreille. On la surprenait parlant de son mari. Ce dernier trait frappait surtout M. Pêchereau, dont jamais elle ne prononçait le nom avec l'accent et le mouvement des lèvres qu'elle avait quand la conversation ramenait celui du défunt comte.

– Chère dame, lui dit-il un jour d'un air piqué, vous reprendriez-vous d'amour par hasard pour feu M. d'Orbigny ?

Mme d'Orbigny répondit par un profond soupir. Ce soupir, qui venait de loin, exaspéra le pauvre avoué.

– Certes, s'écria-t-il, après tout le mal qu'il vous a fait, on comprend que vous le regrettiez !

Et comme Mme d'Orbigny se taisait : – Mais enfin, poursuivit M. Pêchereau, qu'avait-il donc, ce cher comte, pour être tant aimé ?

– Ah ! dit Mme d'Orbigny, qui leva les yeux au ciel, personne ne baisait la main comme lui. C'était une grâce, un élan, un feu. Cela n'était rien, et cela vous ravissait !…

L'amant platonique de Mme d'Orbigny prit son chapeau et sortit.

Que de secrets qui s'échappent dans un mot ! Petite, grasse, blanche et blonde, Mme d'Orbigny rappelait ce portrait que Charles Gozzi trace des Vénitiennes ; elle avait des yeux bleus charmans, tendres et mouillés, le nez un peu relevé, ce petit nez à la Roxelane pour lequel le xviiie siècle a crayonné tant de pastels et rimé tant de vers, la bouche fraîche et retroussée des coins, les narines roses et mobiles, un menton à fossette, les mains irréprochables et potelées, quelque chose de sensuel et de friand dans l'air du visage. Ses beaux bras ronds faisaient plaisir à voir. Mignonne et paresseuse, elle avait, comme sa sœur, un grand air de jeunesse. À trente-huit ans, elle ne paraissait pas en avoir plus de vingt-cinq. L'éclat de ses épaules donnait l'idée de la neige sur laquelle passe un rayon de soleil. Mariée fort jeune à un gentilhomme du Poitou, elle n'avait pas été fort heureuse en ménage. M. Le comte d'Orbigny était très aimable, beau cavalier, grand chasseur, charmant à table, vif, alerte, plein d'audace et d'entrain ; il aurait certainement fait belle figure à la tête d'une compagnie d'aventuriers ou même encore parmi les courtisans de l'Œil-de-Bœuf et de Marly. Malheureusement, comme il le disait lui-même, il était né cent ans trop tard. Sur le pavé de Paris, il n'avait fait que des sottises. Le plus clair de sa fortune, qui était assez ronde, fut croqué en trois ans. Aurélie, qui ne pouvait se défendre de l'aimer, lui aurait certainement pardonné d'entamer sa dot, si le comte n'avait eu le tort de joindre à ses prodigalités de toute sorte des peccadilles où la galanterie avait plus de part que la chasse et le jeu. La tête blonde d'Aurélie s'échauffa ; la famille intervint, le comte le prit de haut, et, poussée à bout malgré les murmures de son cœur, la comtesse permit que la séparation fût prononcée. Libre, le gentilhomme poitevin vécut en garçon, tandis que sa femme, pareille à une colombe blessée qui cherche l'abri des bois, se réfugiait à Rambouillet, où, du matin au soir, elle soupirait et se demandait comment elle avait eu le courage de s'éloigner d'un cavalier qui baisait si tendrement la main de sa compagne.

Un temps se passa. La famille faisait bonne garde autour de Mme d'Orbigny, qu'on savait prompte aux attendrissemens, et l'empêchait de faiblir. Un matin, le comte, traqué par une meute de créanciers, partit subitement pour l'Amérique. Mme d'Orbigny pleura beaucoup. Le bruit se répandit plus tard que le comte était mort en lointain pays, et on n'en parla plus. Seule, la comtesse s'absorbait dans la contemplation d'une miniature qui représentait le visage noble et souriant de l'ingrat qui l'avait trahie et qu'elle aimait.

Douze ans après, un matin, au moment où Mme d'Orbigny venait de quitter son confesseur, car depuis sa séparation son cœur, sevré d'amour, s'était adonné à la dévotion, la Javiole entra tout effarée chez sa maîtresse, et lui annonça qu'un étranger demandait instamment à lui parler. – Quel étranger ? dit Mme d'Orbigny. – Un étranger grand comme notre bedeau, un carabinier sans casque enfin, et barbu ! On ne voit que ses moustaches et ses yeux… J'étais plantée droit devant lui, comme un peuplier, à le regarder. Je lui ai dit que madame était en affaire ; il s'est assis et il attend.

Pour la première fois depuis longtemps, la Javiole ne prenait pas garde à une certaine poule noire qu'elle avait élevée et qui trottait toujours sur ses talons. La poule, inquiète, gloussait vainement. La Javiole ahurie ne quittait pas des yeux la comtesse. Lasse de lui adresser des questions inutiles. Mme d'Orbigny descendit. À peine entrée dans la pièce où se tenait l'étranger, elle poussa un grand cri.

– Oui, c'est moi, dit le comte en lui baisant la main.

Quelque chose comme un frisson courut dans les veines de la pauvre délaissée. C'était une émotion dont elle n'avait pas perdu le souvenir. Le feu lui monta au visage, et déjà bouleversée : – Ah ! Dieu ! vous !… c'est vous, Raoul ! s'écria-t-elle.

Le comte, qui n'avait pas quitté la main de sa femme, la porta de nouveau à ses lèvres, et regardant autour de lui en souriant : – Ma chère amie, plus un mot à présent… J'ai des dettes, reprit-il.

Mme d'Orbigny courut vers la porte. – Je n'y suis pour personne, cria-t-elle, et tremblante, suffoquée, les yeux pleins de larmes, la poitrine oppressée, le cœur tout palpitant, elle tomba sur un fauteuil.

– Vous êtes adorable, poursuivit le comte d'une voix attendrie ; vous seule m'avez reconnu, et j'ai soupé hier avec deux amis d'autrefois qui ne croient même pas que j'existe.

Il lui offrit la main pour la conduire sur un canapé. – Des mains de vingt ans ! ajouta-t-il en regardant celles de sa femme. C'est à croire que les années pour vous n'ont que six mois !

Mme d'Orbigny ferma les yeux à demi, et le comte s'assit auprès d'elle. – Çà, dit-il, parlons de nos affaires ; pour commencer, je m'appelle M. de Saint-Ève et j'arrive de Mexico. M. d'Orbigny est mort, ne le réveillons pas. Entre nous, il avait trop de créanciers.

Le comte fit un croquis rapide de ses pérégrinations dans les pays d'outre-mer. Il n'avait rien vu de curieux nulle part : mêmes sottises et mêmes hommes partout. Il avait possédé quelquefois jusqu'à cent mille francs ; mais l'argent avait cette manie singulière de ne pouvoir rester dans sa poche. Un jour la saveur de Paris, qu'il croyait avoir oubliée, lui était montée à la tête. En conséquence il avait dit adieu aux forêts vierges, aux placers, aux prairies, aux bisons, et s'était embarqué pour le Havre. Il espérait que Paris le rajeunirait. La collection de dollars et de piastres qu'il avait rapportée de la Nouvelle-Orléans s'était fondue au soleil de la patrie ; mais il comptait que sa femme voudrait bien, en considération du silence discret qu'il avait gardé depuis son émigration, lui avancer quelque petite somme qui l'aiderait à passer les premiers temps.

Pendant que le voyageur débitait ce petit discours d'un air leste et tout d'une haleine, la comtesse le regardait, elle ne l'interrompit pas une fois ; de grosses larmes roulaient sous ses paupières.

– Vous me trouvez changé ? reprit le comte, qui souleva négligemment quelques touffes de cheveux gris éparses sur ses tempes ; cette barbe de démocrate est peut-être une fatuité… On n'est pas comme vous,… on vieillit.

Mme d'Orbigny joignit les mains. – Ah ! Raoul ! dit-elle.

L'accent d'un si doux reproche se faisait entendre dans cette exclamation pleine des plus tendres souvenirs, que M. de Saint-Eve en fut ému. Il se pencha vers sa compagne et l'embrassa sur le front avec une effusion qui n'était pas dans son caractère. – J'étais si jeune alors ! murmura-t-il d'une voix où la raillerie se mêlait à l'attendrissement.

L'entretien se prolongea quelques instans ; Mme d'Orbigny crut que le diable en personne était devant elle, mais un diable qui la charmait et la fascinait.

– Vous me permettez donc de revenir quelquefois ? reprit le comte, qui frisait ses moustaches devant une glace.

– La maison est à vous, répondit la pauvre délaissée dans un moment d'élan et la tête appuyée sur l'épaule de l'émigré.

– Eh ! chère amie, ce serait la ruine que vous y feriez entrer.

Il sortit avec mille précautions par un long couloir qui gagnait les derrières de la maison. La Javiole, qui s'en était bien doutée, se tenait blottie dans un coin noir, entre deux tas de fagots, la poule sur ses genoux. Elle avança discrètement la tête quand elle entendit la petite porte rouillée crier sur ses gonds, et levant les mains au ciel : – Lui, vivant ! s'écria-t-elle ; ah ! ma pauvre maîtresse !

III.

À partir de ce jour, l'existence de Mme d'Orbigny ne fut plus qu'une longue suite de troubles, de saisissemens, d'agitations. La pauvre femme ne savait si elle devait désirer ou craindre la présence de celui qui rôdait dans son voisinage. Les longues stations qu'elle faisait à l'église et les rubans frais dont elle parait son corsage indiquaient le double courant qui maintenait la fièvre dans son cœur. Au moindre bruit, elle tressaillait, rougissait, pâlissait. Miss Tempête, dont la malice et la gaieté surnageaient toujours, lui donnait de petites tapes amicales sur la joue. – Vous voilà comme une sonnette, disait-elle, vous vibrez toujours. J'ai idée, belle tante, que vous voulez battre en brèche le cœur de M. Pêchereau.

– Te tairas-tu, vilaine ! répondait Mme d'Orbigny, qui croyait sans cesse que le comte allait entrer par la porte ou sauter par le balcon.

La Javiole, mise en éveil, rendit visite à la petite porte du jardin ; elle entr'ouvrit le pêne et la gâche tout nouvellement frottés d'huile : – Il est revenu ! murmura-t-elle en se signant.

Elle disait vrai, le comte était revenu. Les voyages ne l'avaient pas plus corrigé que la gêne et la fatigue. Tel on avait connu M. d'Orbigny, tel on retrouvait M. de Saint-Eve. Mme d'Orbigny n'eut plus une heure de repos. Quand elle se trouvait seule, elle pensait à ses nièces, que son amitié et leur isolement lui faisaient un devoir d'adopter, et prenait de belles résolutions ; aussitôt que le comte apparaissait, tout s'évanouissait ; elle était avec lui comme une cire molle que le feu pénètre. Le remords la dévorait ; elle ne pouvait songer à l'avenir de Marie et de Marthe sans que les larmes lui vinssent aux yeux.

Marie, qui restait presque continuellement dans sa chambre, ne voyait rien de ce qui se passait autour d'elle. Elle considérait les absences plus fréquentes de sa tante comme le résultat d'une dévotion plus active.

Quand elle était lasse de manier l'aiguille, elle regardait la vieille tour bâtie par François Ier, les beaux ombrages du parc, la forêt lointaine, et rêvait. Rien pour elle ne manquait encore à cette vie silencieuse. Ce même voile, l'insouciance le jetait sur les yeux de Marthe. Quand celle-ci voyait la comtesse perdue dans les songes, les yeux en l'air, elle l'embrassait gaiement : – Eh ! belle tante, réveillez-vous, il fait grand jour ! disait-elle.

Un matin que la Javiole pressait sa maîtresse de compter avec un fournisseur, Mme d'Orbigny mit brusquement un trousseau de clés dans les mains de miss Tempête : – Tiens, prends et règle tout ! s'écria-t-elle. Marthe regarda le trousseau de clés, qui lui parut assez vilain et quelque peu lourd ; mais son hésitation ne dura que deux secondes. – Qui sait ? dit-elle, c'est peut-être aussi amusant que les fleurs et les rubans ! – On ne s'adressa plus qu'à elle, et sa journée se trouva remplie par des occupations dont elle n'avait jamais fait l'apprentissage. Pourquoi Mme d'Orbigny avait-elle fait choix de Marthe, la bruyante et l'étourdie, pour l'élever aux fonctions méthodiques de maîtresse de maison, lorsque la sérieuse Marie était auprès d'elle ? C'est ce que la comtesse eût été fort en peine d'expliquer. Un instinct l'avait poussée.

Cependant l'huile ne séchait pas autour de la serrure qui fermait la porte du petit jardin, et la santé de Mme d'Orbigny allait s'altérant. L'honnête femme éprouvait comme des remords de se cacher de tous ceux qu'elle aimait ; de plus, ses relations mystérieuses avec le comte avaient une apparence d'intrigue qui répugnait à sa délicatesse. Que de fois n'essaya-t-elle pas de faire comprendre à ce fugitif, pour qui la vie errante semblait si légère, que le bonheur pouvait être connais sans tant d'effort ! Il avait un toit, une famille et le reste, pour parler comme le pigeon fidèle de la fable ; mais le comte était insaisissable, et rien ne le déterminait à demeurer au colombier. Le secret de cette existence, qui avait les allures d'une comédie espagnole, étouffait Mme d'Orbigny. Jamais personne ne fut moins faite pour les aventures ; elle y perdait la tête. Si le comte ne lui avait pas intimé l'ordre de se taire, elle aurait crié à toutes ses connaissances : – Voilà mon mari qui est revenu, mettons-nous à table et dînons ! – De petits accès de fièvre la prenaient souvent ; souvent aussi l'insomnie la fatiguait. La Javiole n'y tenait plus. Un matin que sa maîtresse avait la main brûlante, la pauvre servante éclata :

– J'ai traversé le jardin à la brune, s'écria-t-elle, et j'ai vu monsieur…

Mme d'Orbigny devint pâle, et lui posant la main sur la bouche : – Tais-toi ! dit-elle, tu n'as rien vu… Ne parle pas !

Elle tomba sur une chaise presque folle de peur. La Javiole se mit à ses genoux et lui embrassa les mains avec un mélange de respect, de tendresse et de colère. – Jour de Dieu ! disait-elle entre les dents, un cœur si bon !… Qu'est-ce donc que les hommes ?… – La Javiole n'aurait pas donné sa poule pour le meilleur d'entre eux.

En attendant, tout roulait sur Marthe dans la maison. Elle avait le gouvernement du ménage et la direction des affaires : fermiers, régisseur, métayers et notaire s'adressaient à elle. Elle avait sans cesse la plume à la main. – Et moi qui n'écrivais jamais qu'aux modistes ! disait-elle. Son plus grand souci était de ne pas rire quand on lui parlait sérieusement des clauses d'un bail ou de la révision d'un contrat. Il lui arrivait souvent de penser à Paris, aux bals, à l'Opéra, aux réunions du monde ; il lui suffisait de fermer les yeux pour revoir les Champs-Elysées ou la salle des Italiens. Tout à coup on entendait la voix de la Javiole : – Eh ! mam'zelle Marthe, criait-elle, le fermier de La Grisolle est Là ; il assure qu'il pleut dans la bergerie. – Marthe secouait la tête. – Eh ! eh ! murmurait-elle en descendant l'escalier, adieu la valse, voici les moutons !

Il y avait déjà quinze ou dix-huit mois que cela durait, et les vêtemens de laine noire avaient fait place aux vêtemens de toile blanche, lorsque le facteur remit à Mme d'Orbigny une lettre qui la jeta dans la plus vive émotion. Cette lettre était du comte ; il lui mandait qu'une affaire sur laquelle il comptait pour s'établir solidement à Paris avait mal tourné, et que, si elle ne trouvait pas dans les vingt-quatre heures une somme dont il lui indiquait le chiffre, il pourrait bien finir ses jours dans la prison classique de Clichy.

Mme d'Orbigny se suspendit à la sonnette. – Vite ! dit-elle à la Javiole, mon nécessaire de voyage, nous partons dans une heure !... Elle rassembla en toute hâte ce qu'elle avait d'argent dans ses tiroirs, vida les poches de Marthe et emprunta une centaine de pièces d'or à M. Pêchereau, qui n'en pouvait tirer un mot. L'agitation fébrile de sa tante inquiétait Marthe ; mais la jalousie comique et le dépit du malheureux avoué, qui s'épuisait en efforts pour découvrir la cause de ce voyage inusité, la disposaient au rire. – Eh ! lui disait-elle, ne voyez-vous pas qu'on vous ménage la surprise d'une corbeille de mariage !

– Ah ! peux-tu rire dans un pareil moment ! dit Marie, qui ne savait où donner de la tête.

– Eh ! qu'a-t-il donc de si terrible, ce moment ? répliqua Marthe, d'autant plus impatientée qu'elle comprenait bien à l'air de la Javiole que quelque chose de grave se passait. Ta marraine va à Paris : penses-tu que ce soit un pays d'anthropophages ?...

– Ah ! mademoiselle, mademoiselle ! dit la Javiole, qui avait le secret de Mme d'Orbigny sur les lèvres. Un regard de sa maîtresse l'arrêta : elle étouffa un soupir, et détournant la tête : – Soignez bien ma poule noire, reprit-elle ; nous étions si tranquilles ce matin !

Mme d'Orbigny embrassa Marthe, et se penchant à son oreille : – Si je ne reviens pas bientôt, je t'écrirai, dit-elle.

Un petit frisson passa entre les épaules de Marthe. – Si vous avez besoin de moi, je suis à vous, reprit-elle bien bas.

Mme d'Orbigny en voiture, Mlle de Neulise se retourna ; Marie était pâle à faire peur ; tout lui semblait perdu parce que sa marraine quittait la maison. M. Pêchereau, morne et les mains sur sa canne, regardait au loin dans la rue et n'était pas éloigné de penser qu'un rival inconnu avait tout disposé pour l'enlèvement de sa belle amie. Marthe leur prit le bras à tous deux. – Rentrons. Je vous invite à déjeuner l'un et l'autre, dit-elle. Marthe songeait, à part elle, que le premier effet de son humeur joviale était de ne jamais lui permettre de montrer son chagrin lorsque par hasard elle en avait.

Arrivée à Paris, Mme d'Orbigny employa quelques heures à courir chez les gens d'affaires. Son intervention arrêta les poursuites. Il lui parut qu'on souriait en voyant une femme s'occuper si chaudement des intérêts de M. de Saint-Ève. Elle revenait le long du boulevard, le cœur joyeux et les mains pleines de papiers, lorsqu'une vision lui apparut. Elle saisit le bras de la Javiole, plus morte que vive : le comte sortait du Café Anglais, un cigare à la bouche, et donnant le bras à une femme dont la robe de moire, chargée de dentelles, balayait la contre-allée. Mme d'Orbigny s'arrêta, elle éprouvait une sorte de vertige. – Passons, madame, passons, lui dit la Javiole, dont l'honnête figure était bouleversée par la colère et l'indignation ; mais avant même qu'elles eussent pu faire un pas, l'aventurier et sa compagne venaient de monter dans une voiture élégante qui les emporta rapidement. Si la Javiole ne l'avait pas soutenue, Mme d'Orbigny serait tombée. Elle ne pouvait même pas pleurer : c'était au cœur qu'elle était frappée. Le nom de Raoul lui revenait à chaque minute aux lèvres, comme si elle eût cherché à se convaincre ou à douter que ce fut lui qu'elle venait de voir. La Javiole l'entraîna, et le soir même elles repartirent pour Rambouillet, où Mme d'Orbigny arriva dans un état de torpeur effrayant. – Oh ! il la tuera, bien sûr ! murmura la servante en déshabillant sa maîtresse comme on fait d'un enfant. Un signe que lui fit Mme d'Orbigny l'empêcha de répondre aux questions dont elle était accablée par Marie et M. Pêchereau. Marthe soignait sa tante prestement, lui prodiguait de bonnes paroles et l'embrassait. La Javiole, que son secret suffoquait, s'en alla. – C'est égal, murmurait-elle exaspérée, à quoi donc servent les gendarmes ?

La fièvre qui dévorait Mme d'Orbigny éclata avec une intensité qui effraya le médecin. Il reconnut à différens symptômes que le mal qui venait de faire explosion avait de profondes racines. C'était comme un feu qui couve sous la cendre, et qu'on ne peut plus arrêter quand les flammes se répandent au dehors. Dès la fin de la semaine, le médecin appelé au chevet de la comtesse ne conserva plus aucun espoir. Depuis qu'elle était alitée, Mme d'Orbigny gardait presque continuellement le silence. Marie pleurait. Marthe allait, venait et chantait quelquefois. Quand on ne la voyait pas, la rieuse fille s'essuyait les yeux. M. Pêchereau faisait pitié.

Un matin, tandis que Marie et la Javiole étaient en prière à l'église, Mme d'Orbigny se tourna du côté de Marthe. – Eh ! vite, dit-elle, ouvre ce petit bureau où je serre mes papiers ; dans un tiroir, sous des dentelles, tu trouveras une bourse pleine d'or… Prends-la.

– Vous voulez que je prenne ?…

– Eh ! oui, dépêche-toi !

Un peu étourdie de l'accent de Mme d'Orbigny, Marthe se hâta d'obéir. La tante la suivait des yeux avec toutes les apparences de l'anxiété la plus vive. – As-tu la bourse ? reprit-elle.

– Oui… À présent, que voulez-vous que j'en fasse ?

– Eh ! bon Dieu ! garde-la !… S'il arrivait demain, je la lui donnerais peut-être !

Marthe regarda Mme d'Orbigny et pensa qu'elle avait le délire… Elle s'approcha de son lit. – Tu ne me comprends pas, poursuivit la malade ; mais n'aie pas peur, j'ai la tête en bon état, et c'est pour cela que je m'empresse d'en profiter. Ces quelques louis, serre-les au fond de ta poche, et quoi qu'on te dise, ne t'en défais pas : ils pourront t'aider à vivre… ou du moins à passer les premiers jours… Mon testament est chez le notaire ; je désire que tu aies l'administration du peu qui reste… Je vous laisse tout.

Marthe fut remuée ; la pensée qu'elle pouvait perdre sa tante lui fit monter les larmes aux yeux. Elle voulut interrompre la comtesse. – Pourquoi de tels discours quand la fièvre tombait ? On aurait encore, grâce à Dieu, de longs jours à vivre dans la bonne maison de Rambouillet…

– Laisse-moi donc tranquille ! s'écria Mme d'Orbigny, je sens bien ce qui se passe en moi ! Tous les médecins de la terre n'y pourront rien… Je suis perdue… Ne pleure pas,… La gaieté te va si bien… Je ne regrette que vous, mes enfans !

Mme d'Orbigny se pencha tout au bord du lit et s'empara des deux mains de Marthe ; puis, avec un air d'autorité : – Tu es la plus jeune, mais tu es l'aînée, reprit-elle. Donc je te confie ta sœur. Ne la quitte pas… Elle est sur la terre comme l'innocent qui vient de naître… Quant à toi, j'en ai bien peur, tu ne danseras plus beaucoup ; mais j'ai toujours eu l'idée que tu avais du courage et de la persévérance. Tu les emploieras pour deux. – Puis, avec force et la main sur le front de Marthe : – Penses-y, Marie est un enfant,… Je te la donne, reprit-elle.

On entendit le bruit de la porte de la rue qu'on ouvrait.

– Voici ta sœur qui revient de l'église, ajouta Mme d'Orbigny ; embrasse-moi vite. Je ne pensais pas mourir comme cela et vous laisser dans le dénûment… Si ma filleule savait ce qui se passe, la pauvre fille ne vivrait plus… Elle est comme les enfans qui trébuchent sur le gazon,… et il n'y aura plus que des cailloux sous ses pas… Tends-lui la main… Tu réponds d'elle.

Marthe accueillit Marie par un sourire.

– Vous avez bon visage, dit Marie en embrassant Mme d'Orbigny, dont les traits étaient encore tout animés.

– Oui, répondit sa marraine, je suis plus tranquille.

On lui administra les sacremens dans la nuit, et elle rendit l'âme au petit jour. Il fallut emporter Marie de sa chambre ; elle était comme un pauvre être frappé de la foudre.

Au moment du plus grand trouble, un homme entra dans la maison. La Javiole l'aperçut, elle courut à lui frémissante comme une louve, et le saisissant par la main : – Ah ! vous voilà, monsieur ! S'écria-t-elle ; venez voir ce que vous avez fait ! – Et avec une force irrésistible elle l'entraîna dans la pièce où reposait Mme d'Orbigny. – Regardez ! reprit-elle en le poussant vers le lit auprès duquel veillait Marthe.

M. d'Orbigny pâlit à la vue de ce corps tout blanc ; ses traits se contractèrent. – Ah ! dit-il, elle m'a bien aimé !…

La Javiole fit un pas vers la porte, et la poussant : – Si je restais, s'écria-t-elle d'une voix rauque, je ferais un malheur !

Sans même tourner la tête, l'étranger s'approcha du lit sur lequel Mme d'Orbigny était couchée. Il avait la tête nue. Marthe le contemplait en silence. Elle le vit s'incliner sur la main de la morte, y coller ses lèvres et retirer l'anneau qu'elle avait au doigt.

– Monsieur ! s'écria Marthe.

M. d'Orbigny releva la tête. – Je le lui avais donné, mademoiselle, permettez-moi de l'emporter.

Un grand étonnement saisit Marthe ; mais, se remettant avec cette promptitude qui était dans son caractère et s'inclinant : – Si, comme vos paroles tendent à me le faire croire, dit-elle, c'est mon oncle, M. Le comte d'Orbigny, que j'ai devant les yeux, la maison est à lui, ainsi que tout ce qu'elle renferme.

M. d'Orbigny se redressa ; il avait tout à fait l'air d'un gentilhomme. – Mademoiselle, s'écria-t-il, on vous a sans doute parlé de moi : je puis être un bandit, je ne suis pas un misérable… Vous êtes chez vous.

Ces deux êtres, qui ne s'étaient jamais vus, se regardèrent un instant. Quelque chose d'indéfinissable qui tressaillit dans le cœur de Marthe lui fit comprendre que sa tante eût pu aimer jusqu'au bout l'homme altier qui avait si grand air ; elle devina à quelle personne la pauvre femme faisait allusion au moment où, près de mourir, elle lui conseillait de cacher la bourse d'or. Bien des choses qui s'étaient passées depuis quelques mois, bien des tristesses lui furent expliquées. M. d'Orbigny s'approcha d'elle avec aisance. – Je regrette de vous avoir rencontrée si tard, reprit-il ; je tiens cependant à vous donner la meilleure preuve de la sympathie que vous m'inspirez… Vous n'entendrez plus jamais parler de moi, je vous le jure !

Il se tourna de nouveau du côté du lit. L'ombre de l'attendrissement passa sur son visage. – Elle ne m'a jamais donné aucun sujet de chagrin, et je ne lui ai rien épargné ! murmura-t-il comme un homme qui confesse la vérité ; puis, passant la main sur son front avec un mélange de colère, de regret, d'ironie : – Ah ! reprit-il, il y a des destinées auxquelles on ne peut pas échapper !

La voix de Marthe s'éleva. – C'est la philosophie des cœurs ingrats et des âmes faibles ! dit-elle.

L'éclair brilla dans les yeux de M. d'Orbigny ; mais tout à coup, se maîtrisant et d'un air où l'on reconnaissait l'homme de bonne maison : – Je vois, dit-il, que cette sympathie que je ressentais ne s'est pas trompée dans son élan. Que Dieu vous garde, mademoiselle ! Votre meilleur guide, c'est vous !

Il lui prit la main, la baisa et sortit.

IV.

La maison parut bien grande à Marthe quand elle s'y trouva seule avec Marie. Il fallut régler les comptes, payer les petites dettes, ouvrir les armoires, compulser les papiers ; toutes ces occupations navraient Marie. Dans la crainte de la voir tomber malade, Marthe la pria de la laisser vaquer seule à ces tristes arrangemens. Sa résolution, son activité frappèrent M. Pêchereau, qui était comme un pauvre corps sans âme depuis la mort de Mme d'Orbigny. – Où trouvez-vous la force d'aller et de venir ? disait-il.

– Bon ! voilà que vous oubliez ma devise : ce qu'il faut, il le faut ! répondait Marthe.

Étonnée à son tour de l'expression d'atonie qu'on voyait sur le visage de l'ancien avoué, Marthe prit sur elle de le secouer. – Çà, lui dit-elle un jour, pensez-vous que ma tante serait bien contente, si elle vous voyait les mains oisives et l'esprit dans les nuages ?… Vous l'aimiez, j'imagine ? Alors aidez-moi… – Elle lui glissa sous le bras une liasse de papiers, et le poussant par les épaules : – Cachez-vous dans ce cabinet, vilain paresseux, reprit-elle, et débrouillez-moi ces grimoires.

La force de l'habitude emportait quelquefois Marthe. Tout en apurant les comptes que présentaient les fournisseurs ou en vidant les tiroirs pour mettre le linge en ordre, elle fredonnait. Marie, que le chagrin avait pâlie et maigrie, laissait tomber ses mains sur ses genoux. – Bonté divine ! tu chantes ! disait-elle.

Marthe l'embrassait : – Chacun fait ce qu'il peut, répondait-elle.

Jamais on ne vit succession plus embrouillée que celle de Mme d'Orbigny ; il était aisé de reconnaître que le comte avait passé par là. Ce n'était qu'emprunts et dettes hypothécaires de toute sorte. Réveillé par l'odeur de la chicane et aussi par le désir d'être utile à deux orphelines, M. Pêchereau, qui retrouvait au milieu de ces paperasses le nom de Mme d'Orbigny et la trace aimable de son bon cœur, s'efforça d'y faire pénétrer la lumière. Au bout d'un certain temps. Mlle de Neulise lui demanda résolument de bien préciser ce qui leur restait. L'avoué hocha la tête. – Vous en parlez bien à votre aise, répondit-il ; le verbe préciser me paraît ici ambitieux ; c'est l'anarchie et la confusion qui règnent dans ces dossiers !

– Voyons, n'hésitez pas… N'y a-t-il plus rien ?

– Je ne dis pas cela, répliqua l'avoué ; vous avez au moins cette maison.

– C'est un toit. Et puis ?

– Et puis, je ne sais pas.

– Oh ! moi, dit Marie, j'entrerai dans un couvent.

– Le couvent ? Celui où tu prendras le voile n'a pas encore ouvert ses portes, s'écria Marthe.

La résignation de Marie n'était pas une preuve de courage ; comme les rameaux du saule qui fléchissent au moindre vent, elle trouvait plus facile de plier que de combattre. Joignant les mains presque aussitôt et se pressant contre sa sœur : – Qu'allons-nous devenir ? reprit-elle.

– Eh bien ! nous allons devenir pauvres, s'écria Marthe, qui eut un moment d'impatience.

Quelques jours après, M. Pêchereau avait terminé le laborieux examen des papiers de Mme d'Orbigny. Il entra presque joyeux dans ce même salon que tant de jeux avaient égayé. – Bonne nouvelle ! cria-t-il à Marthe ; vous êtes moins pauvres que vous ne croyez !

– Ah bah ! dit Marthe.

– La Grisolle est à vous. Toutes les dettes payées, la terre vous appartient.

– Eh bien ! répliqua Marthe gaiement, nous voilà donc à la tête de cinquante cerisiers.

Le mot de M. Pêchereau était un peu ambitieux. La Grisolle était moins une terre qu'une métairie d'une centaine d'arpens, contiguë à un petit bois qui rapportait des rondins et des bourrées ; elle faisait partie d'un domaine important dont M. d'Orbigny avait autrefois dévoré les fermes et les étangs. Les cinquante cerisiers auxquels Marthe faisait allusion dressaient leurs têtes rondes dans un enclos dont jadis les deux sœurs avaient mis au pillage les treilles et les espaliers. Tout à côté on voyait une maison exposée au midi, gaie à l'œil, tapissée de pampres et de rosiers, assez vaste pour loger convenablement sept ou huit personnes, et proprement meublée. Dès le lendemain, Marthe et Marie visitèrent en détail le domaine que les hasards d'une succession laissaient libre. Ce n'était pas un château ; l'enclos aux cerisiers tenait lieu de parc, un bout de prairie qu'ombrageaient de gros noyers s'étendait devant la maison ; pour les promenades, on avait la forêt voisine ; d'une éminence qui protégeait La Grisolle contre les vents du nord et que couronnaient des arbres séculaires, on jouissait d'une vue magnifique. Les bruyères rougies par le soleil, les bouleaux épars aux bords des étangs, le rideau sombre des futaies prêtaient à ces paysages une grâce mélancolique qui en relevait la beauté. Les yeux clairs de miss Tempête eurent fait le tour du domaine en deux secondes. Elle sourit. – On ne peut pas dire que ce soit le jardin des Tuileries, dit-elle, et la foule ne s'y presse pas… Cependant on y peut vivre, et il nous est arrivé d'y rire de bon cœur ! – En faisant la visite des appartemens, elle découvrit un piano qui, par un miracle d'entêtement, n'avait pas encore perdu l'accord. En une minute, une valse pétilla sous ses doigts et remplit la maison d'un vol éclatant de notes joyeuses. – À ton tour, reprit Marthe en poussant Marie sur le tabouret ; je vais danser avec

M. Pêchereau ; la Javiole passera les rafraîchissemens.

– Le bal ne lui sort pas de la tête ! dit Marie en soupirant.

– C'est un peu l'histoire de Mahomet et de sa montagne : il ne vient plus à moi, je vais à lui, répliqua Marthe lestement.

Vers la fin de la semaine, les deux sœurs étaient installées à La Grisolle. Une bonne fortune avait conduit à Rambouillet une famille d'étrangers qui cherchait une vaste maison. Marthe en fut informée, et ne perdit pas une minute pour courir à l'hôtel du Lion-d'Or, où, séance tenante, elle signa un bail de location. Elle porta triomphalement le papier timbré à M. Pêchereau. – Voilà comment je tire parti de mon immeuble ! dit-elle d'une voix gaiement emphatique.

– Quoi ! vous quittez la ville ! s'écria l'avoué.

– D'abord, mon ami, Rambouillet n'est pas tout à fait Paris... Je n'y perds ni les Italiens ni l'Opéra ; puis, vous qui connaissez le chiffre de nos revenus, pensez-vous que nous ayons les moyens d'avoir un hôtel en ville et un château à la campagne ?

M. Pêchereau soupira. – Tu prends tout gaiement ! dit-il.

– Vaut-il mieux pleurer ?

– Ah ! tu es jeune !... Où chaufferai-je mes vieilles jambes le soir ? Avec qui causerai-je le matin ?

– Croyez-vous donc que le feu ne brûle pas à La Grisolle et qu'on n'y parle pas comme ailleurs ? Il y a la chambre verte où vous passerez l'été. L'hospitalité n'est pas interdite par les règlemens, et s'il vous plaît de voir la neige, le garde champêtre n'a pas reçu l'ordre de vous expulser. Bien plus même, on fera remplir de bois le petit cabinet.

M. Pêchereau ému la regarda. – Ah ! Dieu ! s'écria-t-il, si j'avais trente ans !

– Si vous aviez trente ans, répliqua Marthe, je ne vous embrasserais pas comme je le fais.

La Javiole, qui se faisait rendre compte de tout, employa les premières heures de son séjour à La Grisolle à couvrir de chiffres un morceau d'ardoise qui lui servait de grand-livre et de carnet. Les chiffres alignés, elle en additionnait les colonnes, et ce n'était pas sans efforts. Le total obtenu, elle gratta son bonnet vigoureusement. La poule noire caquetait autour d'elle. – Tu as beau parler à ta manière, murmurait la Javiole entre ses dents, tu ne me donneras pas ce que je cherche ! – La Javiole cherchait un moyen d'élargir les ressources du modeste ménage des deux sœurs. On avait en tout quelques centaines d'écus à dépenser par an. Ce n'était pas beaucoup. Que la Javiole portât un jupon de bure et des sabots, c'était bien, elle n'avait pas des pieds à chausser le satin ; il fallait du pain bis à son estomac robuste, une paillasse à ses membres solides et rompus à toutes les fatigues : ni son corps ni son esprit ne souffriraient du changement ; mais que ses maîtresses, l'une pétrie dans mille délicatesses raffinées, l'autre habituée au rire et à s'ébattre à l'aise dans la vie, subissent les privations et connussent la gêne, c'est ce qui la désolait. Or le budget de la communauté, malgré la stricte économie quelle apportait dans les dépenses, n'offrait pas de ressources suffisantes ; l'ordre n'y pouvait rien, le travail non plus. La Grisolle, que la courageuse fille avait parcourue dans toute son étendue, présentait le spectacle de l'abandon et de l'incurie : nulle part de clôtures, et partout des terres en friche ou mal entretenues, les arbres livrés aux caprices des saisons, force lapins dans le bois qui maraudaient jusqu'au beau milieu du potager ; les brebis paissaient dans les meilleurs champs. Ce n'était pas, tant s'en faut, un domaine magnifique, cependant on en pouvait tirer parti : le nécessaire assuré, le produit de la maison de Rambouillet donnerait le superflu. Il est si bon d'ajuster une robe de soie autour d'une taille souple que le malheur a réduite à se couvrir d'indienne !

Ainsi raisonnait la Javiole. Tout à coup elle se frappa le front. – Suis-je bête ! dit-elle. La Javiole venait de se souvenir d'un frère qui vivait dans une cabane tout à l'extrémité du village de Viez Église. Ce frère, plus jeune qu'elle de quelques années, passait pour le garçon le plus actif, le plus alerte, le plus avisé du pays. Il aurait trouvé vingt fois à se marier, si l'amour du braconnage ne l'avait retenu loin des fermes. Ses mains étaient toujours plus promptes à manier un fusil que la bêche ou la faux. Il était vêtu de loques comme un bandit et vivait des faisans du roi. Sans plus tarder, la Javiole prit à travers champs et courut à Viez-Église. Un grand saule près d'une mare, deux chèvres broutant au pied d'une haie, lui indiquèrent bientôt la cabane de son frère.

– Hé ! Francion ! cria-t-elle.

Une vieille femme qui confectionnait des balais de bruyère dans un coin leva la tête. – Si c'est le maître de la maison que vous appelez, dit-elle, m'est avis qu'il ne vous répondra pas. Il est parti au petit jour.

– Bon ! je vais l'attendre.

La vieille regarda autour d'elle. – Il avait son fusil, reprit-elle plus bas.

– Ah ! le méchant gas ! s'écria la Javiole.

– Lui, méchant ! répliqua la vieille. Si Francion ne chassait pas, il y a des jours où je ne souperais guère !

– Pardine ! qui dirait des sottises à mon frère, si ce n'est moi ?

La Javiole ramassa par terre un morceau de charbon, et, cherchant sur le mur une place blanche, elle écrivit, avec un mélange singulier de majuscules et de lettres bizarres, que relevait une orthographe capricieuse, ce peu de mots : « Viens ce soir à La Grisolle, j'ai à te parler. »

À l'heure même où se couchait le soleil, un grand garçon, vêtu d'un sarrau de toile blanche et chaussé de vieilles guêtres de cuir bouclées au-dessus d'un pantalon de velours, parut dans le sentier qui conduisait à La Grisolle. Un chien rouge à poils touffus marchait sur ses talons. Jamais bûcheron ou laboureur ne foula l'herbe d'un pas plus élastique. La Javiole, qui le guettait, l'admirait, et ne se pressait pas de se lever. – Le beau brin de mari que ça ferait tout de même ! dit-elle tout bas.

L'œil du braconnier l'eut bientôt découverte derrière le buisson où elle était assise. – Çà, que me veux-tu ? dit-il en battant son briquet pour allumer sa pipe.

La Javiole n'était pas d'un caractère à prendre des détours ou à ruser. Prenant donc la main de Francion dans la sienne : – Je veux savoir si tu as des entrailles, répondit-elle.

– Bon ! il y a une anguille sous roche... Parle, reprit le braconnier, qui fronça le sourcil.

– Oh ! ce ne sera pas long. Voici les nièces, quasiment les filles de ma maîtresse, qui sont dans la peine. Ces jeunesses et moi, ça fait trois femmes. Il faut un homme à la maison... Tu as des bras, viens.

– Moi !

– Pardine ! il ne s'agit pas, j'imagine, du sonneur de l'église ! Mme d'Orbigny t'a laissé tuer tout le gibier de ses terres que c'était une pitié !... Tu dois bien quelque chose à ses enfans.

– M'enfermer dans une métairie !

– Le beau malheur !... Une métairie où il y aura du beau pain blanc, du bois sec et une bonne chambre bien close, dans laquelle, si l'envie te prend d'entrer en ménage, il y a place pour deux.

– Quitter mon fusil, abandonner Jacquot !

– Et qui te parle d'abandonner Jacquot ? s'écria la Javiole tandis que le chien rouge remuait la queue. Il se reposera six jours, et le dimanche tu le mèneras dans les bois.

– Six jours sans tirer un pauvre coup de fusil ! C'est impossible, répondit le braconnier.

– Tiens, dit la Javiole en appuyant le doigt sur la poitrine de Francion, tu n'as rien là !... Et si tu dis que tu es mon frère, moi je dirai que tu mens !

Francion ferma les poings sur le canon de son fusil, et d'un coup violent en enfonça la crosse dans le gazon. – Mordioux ! si tu n'étais pas ma sœur !... dit-il d'une voix terrible.

– Eh bien ?... riposta la Javiole, qui resta devant lui les bras croisés.

Il y eut un silence. En ce moment, Marthe, qui revenait des champs un panier de fruits à la main, passa devant eux et les salua d'un signe de tête.

– C'est pourtant vrai que c'est jeune ! murmura Francion, dont la colère partit en fumée.

– Ça n'a guère plus de vingt ans, répondit la Javiole.

– Eh bien ! c'est dit, j'irai, répliqua Francion.

– Ah ! méchant frère, m'as-tu fait de la peine ! s'écria la Javiole, qui se jeta dans ses bras.

– À demain ! reprit Francion gaiement.

Il siffla Jacquot et s'éloigna.

Francion tint parole ; son petit déménagement ne fut ni long ni difficile ; il n'avait guère à lui que son chien, son fusil, sa vieille carnassière et un coffre de bois blanc vermoulu dans lequel il serrait ses hardes et ses munitions. Les deux chaises, la table, le grabat et la cabane appartenaient à un petit propriétaire qui les lui cédait en location pour vingt écus par an. Le lendemain, dès l'aurore, Francion était à l'ouvrage. À midi, la Javiole le présenta à Marthe ; le braconnier avait arrêté déjà un garçon de ferme, réparé vingt mètres de clôture et dégagé le potager des mauvaises herbes qui l'encombraient. – Quant aux lapins, dit-il, j'ai du plomb à leur service, et on leur fera voir qu'on sait les manger. – La Javiole voyait tout en rose et jurait que rien ne leur manquerait plus.

V.

À ce moment de sa vie, on était alors au mois de novembre 1845, Marthe éprouvait une sorte d'étourdissement ; le besoin de tout voir par elle-même, de tout arranger, de tout surveiller, l'obligeait à une activité qui n'était pas précisément celle à laquelle on l'avait habituée. Il lui fallait plier son esprit à une prévoyance et à une minutie de détails qui l'eussent fort étonnée au temps de sa prospérité, si elle en avait vu la pratique chez les autres. Le coup de vent qui l'avait emportée de Paris à la province et de la province dans la campagne la laissait debout et libre, mais ne lui permettait presque pas de réfléchir. Elle ne tenait pas beaucoup, pour tout dire, à descendre en elle-même, dans la crainte d'y trouver un sentiment de regret qui l'aurait attristée. Les natures les plus saines, les plus droites, les plus vaillantes, ont leurs heures de rêveries ; la méditation, un retour vers le passé pouvaient y faire tomber Mlle de Neulise, qui ne voulait pas succomber à la tentation. Cet air que respirait sa sœur n'était pas le sien et l'aurait affaiblie. Elle ne savait donc pas si elle était heureuse ou seulement résignée ; elle vivait et n'avait pas le temps de s'interroger. Une faiblesse, quelque chose d'indéfinissable, peut-être un sentiment de reconnaissance lui avait fait serrer dans un grand meuble toutes les robes et tous les ajustemens dont elle s'était parée dans ses jours de prospérité. Il lui arrivait parfois le dimanche, dans les premiers temps de son installation à La Grisolle, d'ouvrir les tiroirs du meuble et de plonger les mains dans cette collection de riches frivolités qui lui rappelaient encore les fêtes du passé. En les touchant du bout des doigts, Marthe entendait les ritournelles de la valse, elle voyait les lumières blanches des bougies tombant à flot des lustres étincelans, elle respirait l'atmosphère brûlante du théâtre et du bal. Un jour elle sentit ses yeux devenir humides ; elle referma les tiroirs précipitamment et ne les ouvrit plus.

Rassurée au point de vue matériel, Marie n'était pas plus mal à La Grisolle qu'à Rambouillet. Peut-être même éprouvait-elle dans cette retraite un sentiment de bien-être qu'elle n'avait jamais connu au même degré.

Les importuns, les étrangers ne lui disputaient pas sa sœur ; elle la voyait à tout instant. Elle avait emporté sa petite bibliothèque, composée de bons livres, où son esprit trouvait une nourriture délicate, sa musique, qui la consolait et lui rendait charmantes les heures de la solitude ; rien ne l'enlevait aux choses qu'elle aimait. Après une matinée donnée aux travaux d'aiguille, auxquels dès sa première enfance elle était pliée, et que les magnifiques horizons ouverts autour d'elle égayaient, elle cherchait dans la lecture et le chant une occupation plus idéale et en savourait avec délices tous les enivremens. Le volume et le piano étaient ouverts auprès de la corbeille pleine de linge ; elle caressait du regard ces compagnons de sa jeunesse, et le soir elle avait dans Marthe et M. Pêchereau les auditeurs qu'elle aimait le plus. Ce bonheur lui suffisait. Elle ne comprenait même pas à certaines heures que Mme d'Orbigny ne se fût pas établie à la campagne, où elle aurait pu s'affranchir des devoirs qu'exige le monde. Cette profonde quiétude étonnait Marthe, qui parfois, du coin de l'œil, observait sa sœur, tandis que Marie, un instant tirée de son travail, regardait la forêt prochaine toute baignée de clartés ou fouettée par la pluie. – Ne s'apercevra-t-elle jamais que nous sommes seules ? pensait-elle alors. Par contre, le rayonnement lumineux dans lequel Marthe avait si longtemps vécu s'était en partie dissipé ; elle voyait mieux autour d'elle et comprenait par une tardive réflexion ces nuances de caractère et ces tendances d'esprit particulières dont Mme d'Orbigny, qui ne pensait guère non plus, avait eu l'intuition. Marie, si l'on peut s'exprimer ainsi, vivait en dedans : pour être heureuse dans la plénitude du mot, il ne lui fallait que la plus modeste aisance dans une retraite ignorée et quelqu'un qui la partageât ; mais cette retraite, cette aisance, Marie eût été incapable de les conquérir. Un obstacle l'effrayait : la résistance la surprenait sans force, elle s'embarrassait dans les détails quotidiens de l'existence, et se montrait d'une timidité singulière dans toutes les choses qui tiennent aux conditions extérieures de la vie. Son élan, sa lucidité, sa réelle intelligence, ses vertus actives, aimables, solides, elle les faisait voir dans les choses du cœur et de l'esprit. Religieuse, elle serait morte pour sa foi avec la constance, la douceur, l'héroïsme d'un martyr ; reine, sa main se fût séchée avant de signer un traité où la faiblesse et la lâcheté eussent eu la moindre part ; épouse et mère, elle devait être la femme selon l'Évangile, alliant l'amour le plus constant au sentiment des devoirs les plus austères. Toutefois, livrée à elle-même au milieu de Paris, après la mort de Mme de Neulise et de Mme d'Orbigny, elle n'aurait jamais su y trouver un morceau de pain. Pénétrée de ces vérités, dont la conviction lui était venue à son insu et sans aucun effort d'observation, un matin Marthe surprit Marie les yeux tout en pleurs, un livre à ses pieds. Elle eut un moment d'effroi. – Ah ! dit Marie, manquer de tout, ce n'est rien... Mais n'être pas aimée !...

– Eh ! bonté du ciel ! à quoi penses-tu ? s'écria Marthe.

– Je ne sais pas ; mais tout à l'heure, pendant que tu passais dans le jardin, je te regardais... Tu es belle, avec quelque chose de joyeux où la franchise éclate ; tu as la voix séduisante, les yeux pleins de flammes : quelqu'un te verra et t'aimera. Un jour tu te marieras. Que deviendrai-je alors ? Cette pensée que tu quitteras La Grisolle, que tu m'oublieras, m'a donné le frisson.

– Mais toi-même... penses-tu ne jamais te marier ?

– Oh ! moi,... on ne m'a jamais vue ; je suis dans ton ombre !

Quelque chose de chaud et de pénétrant envahit le cœur de Marthe. Elle enveloppa Marie de ses bras. – Va, mon enfant, compte sur moi !

L'adoption venait d'être scellée d'un mot.

Pendant la belle saison, une compagnie brillante et nombreuse se répand dans les châteaux et les maisons de plaisance qui s'élèvent sur la lisière des forêts ou se mirent dans l'eau dormante des étangs, aux environs de Rambouillet. Marthe et Marie avaient eu occasion de connaître les hôtes de ces belles résidences, soit à Paris, soit à Rambouillet. On fut curieux de voir les recluses, ainsi qu'on les appelait, dans leur ermitage de Viez-Église. La Grisolle devint un lieu de pèlerinage pour les oisifs et les oisives du pays. On voulait pénétrer le mystère de cette existence, peut-être aussi surprendre un roman dans cette thébaïde où l'on entendait par intervalles le son du piano. Les curieux en furent pour leurs frais de visite. La présence assidue de M. Pêchereau ne permettait pas à l'imagination de prendre le vol, la simplicité d'ailleurs n'attire pas longtemps les gens inoccupés ; on oublia le chemin de La Grisolle comme on l'avait appris, sans que Marthe et Marie fissent rien pour multiplier ou amoindrir ces relations nées d'un caprice. Les plus aimables laissèrent en partant des invitations que Marie repoussa par horreur du bruit, que Marthe eut d'abord l'envie d'accepter, et qu'elle refusa tout de suite après, par le secours de la réflexion. On ne vit bientôt plus de calèches et de cavaliers autour de La Grisolle, et la petite ferme rentra dans l'isolement.

Dans ce même temps, Marthe, étant devant sa porte, bravement occupée à jeter du grain à une bande nombreuse de canards et de poules, fut tout à coup surprise par la visite de M. Favrel. La vue du bonhomme, qui la saluait bien bas, son chapeau à la main, lui rappela Valentin. Elle éprouva comme un remords de l'avoir oublié, et s'en excusa avec un élan où l'on sentait la sincérité de son cœur. – Vous me faites du bien en me parlant ainsi, dit le maître d'école, car c'est de Valentin justement que je viens vous entretenir ; vous me voyez en peine et tout chagrin à cause de lui.

– Serait-il malade ? demanda Marthe.

– Mieux vaudrait qu'il le fût, au moins saurait-on ce qu'il a. Il va, il vient, il ne se plaint jamais, et il dépérit que c'est une pitié. Je ne sais pas si vous le reconnaîtriez. J'ai beau lui offrir tout ce qu'il est en mon pouvoir de lui donner, il me remercie et n'accepte rien. Les amusemens que recherchent les jeunes gens de son âge ne lui plaisent pas. Vous ne le surprendrez jamais à la danse ou à la chasse. Demandez à Francion, qui voulait le conduire en forêt. Quelquefois il s'enferme dans la chambre que je lui ai arrangée sur la place du village, une chambre dans laquelle il y a des meubles qui viennent de Paris. Il y passe de longues heures à tailler des figures de bois. L'image faite, il la met dans un coin. J'en ai recueilli trente comme ça. Sa seule distraction est de se promener dans les champs ; il fait des lieues tout seul par-ci, par-là, ne parlant à personne.

– Comment se fait-il que je ne l'aie jamais rencontré ?

– Oh ! il vous a vue, et même il vous a saluée ; mais vous n'avez pas répondu à son salut, et il a craint de vous importuner en vous abordant.

– Voilà certainement une sottise au sujet de laquelle je le gronderai.

M. Favrel raconta à Marthe que Valentin n'était pas resté bien longtemps à Paris. Tout d'abord le timide jeune homme s'était vu en butte aux malices des élèves qui travaillaient dans le même atelier. On ne lui épargnait rien. Les rapins ne se montrent ni moins cruels ni moins inventifs que les écoliers dans l'art de tourmenter un camarade inoffensif. Les choses en vinrent à ce point que Valentin dut se battre. Le courage ne manquait pas à cet être bon et craintif, il le fit bien voir sur le terrain, où il blessa son adversaire ; mais la vue du sang l'effraya plus que celle des pistolets : elle le remplit d'horreur. Le séjour de l'atelier lui devint insupportable, et un matin, sans qu'aucune lettre eût annoncé son retour, on le revit à La Villeneuve.

– J'ai écrit au professeur chez lequel il se perfectionnait dans son art, continua M. Favrel ; il m'a répondu que Valentin avait les plus heureuses dispositions, mieux que cela, de l'invention, de l'originalité, une grande sûreté de main, et qu'il lui suffisait de persévérer pour acquérir un véritable talent : ce qui lui manque, c'est de le vouloir. Valentin a maintenant cette conviction que rien ne lui réussira plus, les souffrances qu'il a endurées sont retombées sur son cœur et le contristent ; quand il a su que vous alliez demeurer à La Grisolle, il a eu un mouvement de joie extraordinaire : il espérait que vous l'appelleriez, c'était votre habitude autrefois. Ne voyant venir ni lettre ni messager, la tristesse l'a repris ; il n'a plus osé se présenter chez vous. Il me semble que son état de marasme en a été augmenté. C'est une âme qui n'a plus de ressort. Un dernier espoir m'a conduit vers vous. J'ai remarqué que mon pauvre Valentin avait toujours attaché une grande importance à votre opinion. Vous avez sur son esprit une autorité que je ne m'explique pas bien ; peut-être vient-elle de la différence de vos caractères, peut-être croit-il qu'une personne qui a l'humeur si enjouée, tout en étant si résolue, a quelque chose en elle de plus que les autres. Je crois donc que, si vous lui parliez, il vous écouterait. À défaut d'autre résultat, vous obtiendriez certainement celui de rasséréner son cœur, tout souffreteux, comme celui d'un pauvre oiseau qui a froid. Aurez-vous cette bonté ?

– Eh ! grand Dieu ! je m'en veux de n'y avoir pas pensé plus tôt, s'écria Marthe ; dès demain, je verrai Valentin.

M. Favrel se sentit soulagé. Valentin était son occupation, son enfant, sa famille. Il était déterminé à lui donner tout son bien en héritage, à l'exception d'une petite rente qu'il se proposait de léguer à la commune au profit de l'instituteur qui lui succéderait. Le bonhomme pensait qu'avec une centaine de mille francs, de la santé et une honnête vie dans un beau pays, on pouvait être heureux. Le tout était qu'on le voulût, et c'est à quoi Valentin ne paraissait pas disposé.

Il ne fut pas difficile, le jour suivant, de l'envoyer à La Grisolle. Marthe l'attendait à mi-chemin. Elle lui prit le bras comme autrefois, et le conduisit fort vite à la métairie, où un déjeuner les attendait. Elle ne se faisait pas faute de parler, et parvint à le faire rire en lui rappelant les souvenirs du temps où l'on grimpait sur les cerisiers. Le visage de Valentin s'éclaira, et il mangea de bon appétit. Petit à petit, et sûr qu'on ne se moquerait pas de lui, il s'accoutuma à répondre, tantôt à l'une, tantôt à l'autre, mais plus souvent à Marthe qu'à Marie. Il avait été résolu que Valentin passerait la journée à La Grisolle. Au bout d'une heure, Mlle de Neulise et lui se promenaient le long du bois où Francien venait encore tirer le dimanche quelques coups de fusil. Quand elle eut ramené la confiance et la sécurité dans son esprit et sollicité quelques premières confidences : – Voulez-vous, lui dit-elle, que nous vivions en bons vieux camarades comme autrefois ?

– Que faut-il faire ? demanda Valentin.

– Ne plus oublier le chemin de La Grisolle et prendre avec vous quelques-unes de ces statuettes que vous emprisonnez dans tous les coins de votre chambre, et que M. Favrel délivre ensuite.

– Je ne sais pas s'il en reste, répondit Valentin, dont le front s'était rembruni.

– S'il n'y en a plus, vous en ferez d'autres, répliqua Marthe, qui s'attendait à la réponse. – Et comme Valentin baissait les yeux :

– Je ne suis pas contente de vous, continua-t-elle ; si vous n'avez plus de goût pour un travail que vous avez paru aimer autrefois, votre devoir est de ne pas l'abandonner, ne fût-ce que par amitié pour l'excellent homme qui vous a servi de père. Je sais tout ce qu'il souffre, moi, de vous voir errant et inoccupé dans ces campagnes où vous vivez isolé comme un proscrit. Il se demande quel malaise vous poursuit, quel chagrin vous accable. Si vous avez quelque cause secrète de tristesse, que ne parlez-vous ?

– Et qui m'écoutera ? s'écria Valentin.

– Prenez garde ; il y a de l'ingratitude ou de l'orgueil dans cette crainte. Oubliez-vous qui je suis ? Croyez-vous que je ne puisse pas vous comprendre ? Quoi que vous pensiez, je suis toujours la petite fille que vous faisiez danser sur vos genoux, et qui se servait de vos épaules pour atteindre aux branches les plus hautes. La taille et le visage ont pu changer, le cœur est le même. Prenez ma main et regardez au fond de mes yeux, vous verrez si je mens.

Valentin n'y tint plus. – Ah ! vous êtes bonne, s'écria-t-il, et cent fois meilleure que je ne l'espérais. Vous ferez sortir de mon cœur tout ce qui le gonfle. Oui, je suis découragé sans avoir le droit de l'être, je sens un grand vide autour de moi. Ce n'est peut-être rien, et c'est beaucoup.

Il lui parla alors de son enfance abandonnée ; objet de risée pour ses petits camarades, il n'avait connu les jeux bruyans du premier âge que par les longs supplices qu'on lui infligeait. Son protecteur, qui partageait avec lui les morceaux d'un pain amer laborieusement gagné, n'osait même pas prendre sa défense dans la crainte de mécontenter les parens et de perdre ainsi quelques sous qui les aidaient à vivre. Il avait le tort d'être faible et maladif, et c'est peut-être là ce que l'enfance déteste le plus. Plus tard, il n'avait pas senti dans ses bras la force musculaire qui rend propre aux travaux des champs ; ses mains ne savaient manier ni le marteau, ni la charrue. Son esprit, vaincu par la persécution, n'osait rien demander, rien entreprendre, en même temps qu'exalté par la longue habitude des méditations, il entrevoyait une ambition plus haute à poursuivre. Cependant il s'était efforcé de venir en aide à son vieil ami : la nuit il taillait des images de bois, qu'il essayait ensuite de vendre dans les foires, le jour il s'employait dans les fermes ; mais, bafoué partout et rudoyé par les robustes ouvriers auxquels il se mêlait, il rentrait épuisé, les mains déchirées, le corps meurtri. Un tailleur d'images, comme on l'appelait, pouvait-il battre le fer sur l'enclume, lier le foin en bottes serrées, charger les gerbes sur les charrettes, ouvrir un sillon droit et profond, abattre un chêne à coups de cognée ? Peut-être, en s'y appliquant, aurait-il pu suppléer M. Favrel dans ses humbles fonctions, mais la présence des écoliers le terrifiait ; il ne comprenait pas qu'on pût se résoudre à vivre au milieu de tels garnemens : il eût trouvé un troupeau de loups plus facile à conduire. Un jour vint où il lui fut tout à coup permis de chercher à Paris les conditions d'un travail plus conforme à ses goûts. Une sorte d'effroi le saisit à la pensée d'entrer dans la grande ville, et redoubla quand il s'y vit seul. Qu'ils étaient fondés, ces tristes pressentimens ! Aucune sympathie ne l'y attendait, chaque piqûre d'épingle le perçait à vif : il demanda grâce, on fut sans pitié ; était-ce donc là le chemin du travail ? Toutes les épreuves, il les eût endurées ; mais cette constante inimitié le désespérait en lui enlevant tout courage. Après le duel qui mit fin aux malices de l'école, il quitta l'atelier tout plein d'un sentiment d'épouvante. Quel talent, fût-il le plus haut et le plus pur, valait une goutte de sang ? Valentin était rentré dans sa solitude ; il y avait trouvé le même vide.

Mlle de Neulise écouta cette confession de l'air d'une personne qui entre dans tout ce qu'on lui dit ; elle se garda bien de railler Valentin, elle le plaignit au contraire et pansa de son mieux cette pauvre âme affaiblie et tourmentée ; puis, quand elle le vit raffermi en quelque sorte par cet épanchement : – Pensez-vous, dit-elle, que vous soyez le seul à rencontrer des cailloux sous vos pieds ? Regardez ce cheval qui marche là-bas sur le sentier ; voilà trois fois que son fer a glissé sur la roche dure : s'arrête-t-il ? et songe-t-il à jeter bas la charge qu'il porte sur le dos ? Et cependant ce n'est pas une créature humaine !

Valentin tressaillit. – Je vois bien que vous me blâmez, dit-il.

– Non pas, nous causons. Il est clair qu'il serait plus agréable de n'avoir qu'à étendre la main pour cueillir des oranges à toutes les branches des buissons. Faut-il donc se casser la tête parce qu'on y trouve des baies sauvages et des épines ? Une pauvre petite personne qui n'a vu du monde que le coin de terre qui s'étend de Rambouillet à Paris n'a pas trop le droit de donner son avis ; cependant il me semble que si l'on regardait de bien près les chagrins de la vie, on s'apercevrait qu'il en est de ces misères comme de ces fantômes dont il est question dans certains contes. De loin ils sont terribles, de près ce ne sont que brouillards et nuées… J'ai cru un temps qu'on ne pouvait pas vivre loin du monde. Hors du bal point de salut ! me disais-je. J'ai toute raison de croire que je ne danserai plus, et je n'en suis pas plus malheureuse.

– C'est peut-être vrai, reprit Valentin.

– Voilà une bonne parole ; pensez-y, et apportez-moi vos images. Il m'en faut deux avant la fin du mois.

L'entretien prit alors un autre tour. Marthe parlait résolument, en personne dont l'humeur égale ne peut pas être ébranlée longtemps ; ce qu'elle disait avait la fraîcheur bienfaisante de la rosée. Valentin en était tout pénétré. – Vous ne regrettez donc jamais rien ? dit-il émerveillé.

– Je m'arrange pour n'en avoir pas le temps.

Cette conversation porta de bons fruits. Valentin se remit au travail ; on le revit à La Grisolle. Le vieux M. Favrel se frottait les mains. – Quand je vous le disais ! répétait-il à Mlle de Neulise. Il n'écoute que vous. Pourquoi ?... voilà ce qui me passe !

M. Favrel n'était pas la seule personne à qui le changement qu'on remarquait dans l'attitude de Valentin eût inspiré une joie sincère. Francion, qui disait les choses crûment, en remercia Marthe. – C'était un garçon, dit-il, qui prenait le chemin du cimetière par le plus court. Le voilà qui s'arrête en route. Encore un petit effort, et il sera guéri tout à fait. La chose faite, je boirai volontiers un coup à la santé de votre médecine.

– Après quoi vous irez chasser ensemble, et ma médecine donnera sa démission.

Francion, qui polissait la crosse de son fusil avec la manche de sa blouse, hocha la tête. – Hum ! pensa-t-il, j'ai idée que mon ami Valentin n'a pas tout dit.

Deux ou trois fois déjà Marthe, qui ne restait guère en place, et qui volontiers courait la campagne après avoir égayé ses oreilles par le divertissement d'un concert matinal, avait surpris Francion en conférence, sur le bord d'un champ, avec un grand jeune homme blond qu'il suffisait de voir en passant pour deviner qu'il appartenait à un autre monde que celui d'où sortait le braconnier. La connaissance devait être ancienne ; Jacquot, qui n'avait pas l'humeur tendre, frottait volontiers son museau contre la main du grand jeune homme. L'inconnu était quelquefois en habit de ville, quelquefois en costume de chasse. Cela paraissait singulier à Mlle de Neulise ; mais Marthe n'était point curieuse, et Francion, qu'elle avait pris en amitié, avait toute liberté de causer avec qui bon lui semblait. Si plus tard il lui arriva de croiser sur un sentier cet étranger, il la saluait avec une politesse où l'on sentait le respect, et passait. Un jour elle l'aperçut courant à cheval sur la route qui longe la forêt des Yvelines ; il portait le costume vert d'un garde-général des forêts de la couronne. – Eh ! bonjour ! cria la voix forte de Francion, qui non loin de là bâtissait des meules de foin.

Le garde-général lui fit un signe de la main ; Jacquot partit comme un trait, atteignit la route en quelques bonds et sauta sur les jambes du cavalier, qui le caressa. Un moment après, il disparaissait derrière un bouquet de chênes, et Jacquot, la queue frétillante, retournait auprès de son maître. Pour le coup Marthe n'y tint plus et s'approcha de Francion. – Quel est donc ce jeune homme à qui vous venez de dire bonjour ? lui demanda-t-elle.

– C'est M. Olivier de Savines, répondit Francion sans quitter sa fourche.

– Il est donc garde-général ?

– S'il ne l'était pas, il n'en porterait pas l'habit.

– Est-ce qu'il demeure dans le voisinage ?

– Oui, aux Vaux-de-Cernay ; il a là un petit coin parmi les ruines.

– C'est un bel endroit.

– Oh ! des pierres, quelques pans de mur et des broussailles… C'est bon pour les savans, mais ça ne vaut pas La Grisolle.

– C'est donc un savant, M. de Savines ?

– Lui ! je crois bien qu'il en remontrerait au curé. L'autre jour il a trouvé dans les ruines une vieille pierre sur laquelle il y avait des lettres à moitié cassées ; il a lu la chose tout courant. Il paraît que c'était du latin.

Marthe s'assit sur un tas de foin. – Ah ! vous connaissez donc des gens qui parlent latin ? reprit-elle en tirant de la meule des brins d'herbe sèche qu'elle tordit du bout des doigts.

Francion planta sa fourche dans le pré, et appuyant ses deux mains dessus : – Je vois bien ce qui vous chiffonne, dit-il. Un braconnier et un savant, comment cela marche-t-il ensemble ? C'est comme si on attelait au même brancard un loup et un bon petit cheval bien sage ! Il y a là-dessous une histoire que vous ne seriez pas fâchée de savoir… Eh bien ! mam'zelle, l'histoire est bien simple, et je vais vous la raconter tout d'un trait.

On sait que Francion n'avait pas le cœur mauvais. Les pauvres gens du pays mangeaient la plupart des lièvres et des lapins qu'il tuait en braconnant. Quand une fille se mariait avec un journalier ou quelque bûcheron, il fournissait le rôti. C'était sa manière de faire un cadeau de noces. Il n'était donc pas de cabane à cinq lieues à la ronde où l'on ne connût Francion. Il lui arriva un matin, à l'heure où les gens de son métier quittent l'affût, de rencontrer une vieille femme qui portait un fagot de bois mort. Elle gémissait et s'arrêtait à chaque pas. Francion prit le fagot, jeta par-dessus le gibier mort, et gaillardement suivit la vieille. Il entra dans une chaumière, tout attristé déjà du récit que lui avait fait sa compagne chemin faisant. Il y trouva deux enfans malades, couchés dans un lit, et un morceau de pain dur sur le coin d'une table. Le maître, rongé par la fièvre et assis auprès d'un maigre feu, pouvait à peine se tenir sur ses jambes. C'était son gendre que la vieille avait recueilli par charité. Francion se sentit le cœur remué. La débauche ou la paresse n'avait point de part à cette misère. Il prétexta une grande fatigue pour ne pas aller plus loin, fit venir du pain blanc, un morceau de viande et une bonne bouteille de vin de la ferme voisine, déjeuna avec la vieille en ayant soin de ne pas manger beaucoup pour que le déjeuner servît encore au dîner, et promit de revenir bientôt. Ce jour-là, le gibier du roi fut vendu, et pendant quinze jours Francion ne goûta guère aux faisans. Le produit de ses chasses alimentait la vieille et sa famille ; il en restait encore assez pour acheter une couverture, des sabots, quelques vêtemens et divers ustensiles dont les hôtes de la cabane avaient grand besoin. Jamais Francion n'avait tiré plus juste, jamais il n'avait eu les jambes plus alertes. Le hasard voulut que cette pauvresse fût la nourrice d'un grand garçon qui l'aimait tendrement, et qu'un long voyage avait momentanément éloigné du pays. Ce grand garçon n'était autre que M. Olivier de Savines. Le garde-général ramena l'abondance chez la mère Simone, qui, à vrai dire et grâce au braconnier, ne manquait plus du nécessaire. La première fois que M. de Savines rencontra Francion, il l'embrassa, quoi que fît celui-ci pour s'en défendre. – La belle affaire ! disait-il ; pour quelques méchantes bêtes !… C'est bien la peine de me remercier…

– Bon ! bon ! répliqua Olivier, nous nous retrouverons, et s'il plaît à Dieu, vous verrez que j'ai la mémoire longue.

Une occasion se présenta bientôt d'en faire l'expérience. Les gendarmes surprirent Francion à l'affût, un fusil à la main. Déjà l'amende et la prison le menaçaient. Informé de ce qui se passait, M. de Savines intervint, et il s'employa si bien qu'il réussit à tirer le braconnier des griffes de la justice.

La chose faite, M. de Savines eut le bon esprit d'épargner à Francion les remontrances auxquelles celui-ci s'attendait. – Prenez garde, et ne vous mettez plus en faute, lui dit-il seulement ; mais si par hasard il vous arrivait malheur, songez à moi… J'ai des amis qui agiront pour vous,

– C'était une sotte affaire, ajouta Francion en finissant ; j'aurais bien pu rester cinq ou six mois entre quatre murs, j'en serais sorti sans sou ni maille,… et Jacquot serait peut-être mort de faim.

Il enfonça la fourche dans le foin, et l'entassant sur la meule : – Depuis ce jour-là, reprit-il, il y a entre le garde-général et moi comme un pacte… Qui le touche m'égratigne.

En ce moment, le galop d'un cheval retentit sur la lisière de la forêt. – Eh ! bonjour ! cria à son tour la voix de M. de Savines.

Il aperçut tout à coup Marthe, assise le dos contre la meule, et la salua. Mlle de Neulise ne put s'empêcher de remarquer qu'il avait tout à fait bon air à cheval.

VI.

À quelque temps de là, un soir, tandis que la pluie battait à flots les fenêtres closes de la métairie, la porte de la petite pièce dans laquelle Marthe et Marie se tenaient au rez-de-chaussée s'ouvrit brusquement. Marie, qui regardait les gouttes d'eau tomber par rafales sur les arbres, sauta sur sa chaise. – Ah ! vous m'avez fait peur ! dit-elle à Francion, qui venait d'entrer.

Mais Francion n'était pas seul ; il traînait après lui un jeune homme qui faisait mine de rester à la porte. – Ah ! mademoiselle, dit le braconnier en s'adressant à Marthe, faites donc comprendre à M. de Savines qu'il ne vous dérangera pas en chauffant ses jambes à votre feu. Voilà plus d'une heure qu'il attend que la pluie cesse de tomber ; mais c'est à croire que tous les arrosoirs du ciel sont renversés… Il s'obstinait à ne pas quitter la cuisine, je me suis entêté à le conduire au salon, et nous voici.

Marthe poussa un fauteuil auprès de la cheminée et le présenta à M. de Savines, qui s'excusa en bons termes de l'embarras qu'il allait donner aux deux sœurs. – Il faut vous en prendre à Francion, dit-il ; il prétend que ma place n'est pas où il est. J'ai eu beau m'en défendre : si je n'avais pas cédé de bonne grâce, il m'aurait pris au collet.

M. de Savines chercha des yeux Francion ; le braconnier avait disparu. L'orage était dans toute sa force ; la pluie pétillait contre les vitres, le vent y mêlait de longs gémissemens. L'heure du dîner vint. La Javiole entra et annonça que ses maîtresses pouvaient passer dans la salle à manger. Il y avait trois couverts sur la table. M. de Savines s'assit entre les deux sœurs. Par hasard, M. Pêchereau n'était pas à La Grisolle. Le dîner se ressentit de son absence. La singularité de l'aventure qui réunissait les trois jeunes gens donnait une vivacité nouvelle à la conversation ; l'entretien s'anima et devint gai. Marie, par extraordinaire, fit trêve à sa timidité : elle avait comme le sang fouetté. Marthe resta ce que la nature l'avait faite, mais avec une aisance, une liberté, qui rappelaient les jours d'autrefois. M. de Savines parla en homme du monde qui a beaucoup voyagé ; il avait la séduction de la simplicité. On fit un peu de musique ; Marie tira du piano des sons plus expressifs, plus variés ; le clavier sonore palpitait sous ses doigts. Elle chanta même, et Marthe s'étonna de l'ampleur et du charme sympathique de sa voix. Ce n'était plus une timide écolière, c'était presque une artiste. Le chasseur applaudit, et, mis en verve, prit la place de Marie. Il se souvenait de quelques morceaux d'un opéra qui faisait grand bruit à Paris ; il avait du goût, on l'écouta attentivement.

– Tout cela est vieux de quinze jours ! dit-il. Peut-être l'avez-vous entendu déjà ?

– À Paris, n'est-ce pas ? répondit Marthe ; mais Paris est à l'autre bout du monde…

On continua. La musique et la conversation alternaient. Tout à coup Marthe ouvrit une porte intérieure. – Eh ! la Javiole, offre-nous du thé, s'écria-t-elle ; puis, se tournant vers leur convive : – Monsieur, reprit-elle gravement, n'allez pas croire que ces prodigalités soient dans nos habitudes ; mais c'est aujourd'hui fête !

La Javiole apporta le thé. On découvrit une galette sur le plateau. Marthe battit des mains. – Voilà des magnificences sur lesquelles je ne comptais pas, dit-elle. Cependant la pluie ne battait plus les murs. Marie ouvrit la fenêtre, une bouffée d'air frais et tout parfumé des saines senteurs des bois pénétra dans le salon ; mille étoiles scintillaient dans le ciel pur.

– L'orage a cessé, dit Marthe.

– Déjà ! s'écria M. de Savines,

On aperçut alors Francion, qui tenait par la bride le cheval du garde tout sellé. – Eh ! monsieur, dit-il, la nuit est claire, on peut se mettre en route.

– Hélas ! murmura le jeune homme.

La connaissance faite, M. de Savines retourna à La Grisolle. On le présenta à M. Pêchereau. Les circonstances où s'étaient formées les relations des deux sœurs et de M. de Savines leur donnaient un caractère particulier d'intimité. Dès la seconde rencontre, il semblait qu'on se connaissait depuis un an. Le garde-général avait une de ces natures avec lesquelles on se sent à l'aise dès le premier abord. S'il ne disait pas toujours tout ce qu'il sentait, on comprenait vite que la parole n'était que le vêtement de sa pensée. Avec lui, point de masque à déchirer, point d'abîme à creuser, rien d'obscur ou de tortueux. Après qu'on eut passé ensemble quelques soirées, on s'étonna de part et d'autre d'être resté si longtemps sans se voir. M. de Savines déclara qu'il en voulait à Francion de ne l'avoir pas présenté plus tôt à La Grisolle. – Vous saviez pourtant bien que nous existions ? lui dit Marthe.

– Je connaissais votre chapeau de paille et l'ombrelle verte de Mlle Marie ; mais ce n'était pas une raison pour leur rendre visite, répondit Olivier.

Il jura gaiement de regagner le temps perdu. La distance qui séparait La Grisolle de la vieille abbaye des Vaux-de-Cernay n'était pas bien grande. À pied, le garde-général la franchissait en moins d'une heure ; à cheval, c'était l'affaire d'un temps de galop. Le petit coin qu'il s'était ménagé dans les vastes bâtimens qui dépendent de ces ruines imposantes ne le voyait plus beaucoup ; mais le soir, après une absence dont chaque jour prolongeait la durée, on apercevait une lumière qui tremblait derrière la vitre de sa chambre, et que les longues heures de la nuit n'éteignaient pas toujours. Souvent encore on le rencontrait errant parmi les décombres, sous les voûtes écroulées, à l'heure rêveuse où la lune dessinait sur le gazon lumineux la rosace gothique de l'abbaye. Certes il n'interrogeait pas, dans ces momens-là, les inscriptions perdues au milieu des herbes.

Son cheval, sa liberté, son repos, ne lui suffisaient peut-être plus.

Si Marie ne pouvait pas être animée et bruyante, la Javiole remarquait qu'elle n'était plus attristée et pareille à un rameau de saule : on l'avait surprise en flagrant délit de chanson ; Marthe au contraire paraissait plus sérieuse. Certes elle n'arrivait pas à la mélancolie, le rire était toujours l'hôte joyeux de ses lèvres ; mais elle gardait parfois le silence pendant un quart d'heure. Elle ne manquait jamais de s'arrêter avec Francion, quand elle le rencontrait dans les champs, et de causer avec lui. Il était devenu son protégé.

Valentin, qui ne passait presque pas un jour sans se rendre à La Grisolle, fut bientôt au courant de cette intimité ; Marthe le présenta même à M. de Savines, mais par surprise. Il devint un peu pâle quand Olivier lui prit la main. Mlle de Neulise voulut qu'il montrât au garde-général quelques-unes de ses figurines, et pour vaincre sa résistance, on se promit de visiter sa chambre. C'était une promenade dans un atelier. On admira beaucoup ses dernières productions, et elles méritaient les éloges qu'on leur donna. Le père Favrel ne se tenait pas de joie. M. de Savines offrit d'emporter une Pomone d'un modelé charmant. – Ne soyez pas modeste dans vos prétentions, dit-il ; l'ami auquel je destine cette statuette n'aura pas souvent de ces bonnes fortunes.

Valentin assura qu'il avait encore à donner un coup de ciseau à la Pomone. Deux ou trois fois il trempa ses lèvres dans un verre d'eau pendant cette visite.

À quelques jours de là, Marthe lui demanda des nouvelles de la déesse, – J'ai eu la main maladroite, elle est cassée ! dit-il. – Ah ! quel malheur ! s'écria-t-elle ; M. de Savines l'aimait tant ! – Valentin se leva et partit. On resta près d'une semaine sans le voir. Francion fut peut-être le seul à La Grisolle qui remarqua son absence.

Marthe aurait été fort en peine d'expliquer comment elle connaissait la vie de M. de Savines ; elle n'en ignorait cependant aucune particularité. Cette existence lui plaisait par un côté vaillant et résolu qui répondait aux habitudes de son esprit. M. de Savines avait eu quelque fortune ; les sottises de Paris, dans lesquelles tombent fatalement tant d'hommes libres de bonne heure, en avaient dévoré la majeure partie ; le reste disparut dans des voyages dont par miracle le cœur et la raison d'Olivier surent tirer profit. Un matin, après une douzaine d'années perdues en puérilités que n'excusait même pas l'emportement des passions, il se réveilla pauvre comme un soldat et pareil à un arbre dont l'hiver a ravi la dernière feuille. Olivier n'eut pas un jour de défaillance. Il fit agir les amis de sa famille : on lui offrit des places fort enviées, et il n'aurait tenu qu'à lui d'être secrétaire d'ambassade ; il accepta un emploi de garde dans les forêts de la couronne. Au bout d'un an, un parent qui l'aimait l'appela auprès de lui. Olivier pouvait y conquérir la fortune, mais il fallait se plier à certaines complaisances qui sentaient la domesticité : c'était une entreprise où l'adresse avait plus à faire que la fierté. Olivier refusa. Quand un ordre de ses supérieurs l'attacha à la résidence de Rambouillet, l'aspect sauvage du pays, ces grands horizons mélancoliques tout remplis des murmures des plus et des senteurs de la bruyère l'attirèrent par un charme secret. Cette solitude, où d'autres auraient trouvé le vide et le désespoir, le retrempa. Il en supporta les longs silences et la durée, non pas avec résignation, mais avec une bonne humeur expansive qui jamais ne laissa place au regret. Les plaisirs perdus lui apparaissaient comme autant de chimères qui ne méritaient pas la fatigue d'un soupir. Était-ce bien lui qu'on avait vu autrefois à Paris ? Qu'y faisait-il ? Quelques petites sommes sauvées par hasard lui avaient permis de donner à son ermitage des Vaux-de-Cernay une élégance intérieure, une coquetterie sobre qui étaient la seule chose par laquelle le vieil homme se révélait encore. Le chiffre de ses émolumens, augmenté de petits revenus fort minces, assurait son existence en le forçant néanmoins à compter. – La conquête d'un fusil neuf, disait-il, est pour mon budget une affaire d'état ; mais que de délices dans les difficultés de cette conquête !

Si les contraires s'attirent fréquemment, ce n'est pas une raison pour que les semblables se repoussent toujours. Le même courage, la même franchise, la même gaieté vaillante, survivant à la bonne fortune et tournant la mauvaise au profit de la vie, créaient entre Marthe et Olivier des affinités de caractère dont ils devaient subir les entraînemens et accepter les séductions. Depuis qu'elle habitait La Grisolle, Marthe ne manquait pas un seul jour de faire de longues promenades ; elle y trouvait le double plaisir de voir et de marcher. C'était en outre un moyen de surveiller les travaux de la ferme. L'activité était à son esprit ce que l'air était à ses poumons : elle revenait toujours de ces grandes courses les joues roses, le cœur content. C'était du côté de l'étang de la Tour qu'elle dirigeait de préférence sa promenade. La forêt en côtoie une des rives, la bruyère couvre l'autre bord. Au coucher du soleil, l'ombre des chênes séculaires s'étend sur l'herbe, les landes rougissent au loin, la surface immobile des eaux s'illumine, des groupes confus d'arbres, de haies, de buissons se noient dans un horizon fauve ; on est à mille lieues des villes. Marthe avait découvert une large pierre tapissée de mousse sur laquelle elle s'asseyait : c'était un observatoire d'où elle suivait le vol des demoiselles ou étudiait les jeux des halbrans parmi les joncs. Une bergère menant ses moutons au pacage était la seule créature humaine qu'elle eût occasion de saluer dans cet endroit sauvage. Après un repos d'un quart d'heure, Marthe reprenait le chemin de La Grisolle ; mais depuis le soir où la pluie et Francien avaient introduit M. de Savines dans la métairie, Mlle de Neulise n'était plus seule à marcher sur la chaussée, à s'asseoir au bord de l'étang.

Un jour qu'Olivier l'avait surprise sur sa pierre accoutumée, l'entretien glissa, par une pente insensible, sur les conditions de solitude que les secousses de la vie leur avaient faites. Marthe ne s'en montrait pas inquiète. Olivier la regardait tout en jetant de petits cailloux dans l'eau tranquille de l'étang. Il s'étonnait que tant de jeunesse, de grâce, de vivacité, fussent ensevelies dans ce désert et ne regrettassent rien. Mlle de Neulise devinait cet étonnement ; quelques mots le rendirent plus significatif. – Que voulez-vous ! dit Marthe... Il m'a semblé en réfléchissant, et Dieu sait si c'était ma coutume, qu'on peut tirer parti du moindre brin d'herbe. Que de choses qui ne paraissent difficiles que parce qu'on ne les essaie pas !

– Oh ! dit Olivier en riant, vous parlez comme l'antique Minerve ; mais il y a longtemps que la pauvre déesse est morte.

– Bon ! raillez tant qu'il vous plaira, vous savez bien que j'ai raison. Le plaisant est que vous pratiquez ce que ma philosophie professe !

– C'est beaucoup d'honneur que vous me faites… Mais si j'ai l'air fort tranquille, le diable n'y perd rien !

– Ah ! il y a un diable ? reprit Mlle de Neulise, qui à son tour se mit à jeter des cailloux dans l'étang.

– Hum ! il y en a plus d'un ! Tout au commencement de mon exil, la nouveauté des sites, l'activité de ma vie, le changement des habitudes, l'avaient mis en fuite… Je m'aperçois à présent que le traître n'a plus peur de rien. Pour dire les choses comme elles sont, je crois bien que ma résignation est auprès de la vôtre comme un roitelet qui sautille dans un buisson auprès du milan qui vole dans l'espace : tout l'agite et tout l'effraie.

Le cœur de Marthe se serra. – Est-ce à dire, ajouta-t-elle sans regarder Olivier, que vous regrettez le parti que vous avez pris ?

– Non pas ! Rester dans ce beau pays, en respirer l'air vif, manger librement un pain honnêtement gagné, chercher son repos, sa récompense dans un livre, dans la promenade, dans la chasse, ne souhaiter que les choses qu'un travail régulier peut donner, se souvenir des orages et des tentations pour en fuir les assauts, vivre face à face avec la nature, voilà ce que j'espère, voilà ce que je veux…

– Prenez garde ! voilà que vous parlez aussi comme Minerve, vous savez, cette pauvre vieille déesse qui est morte ?

– Oui, mais est-ce ma faute si j'ai trente-deux ans et si ma sotte jeunesse me crie que je suis seul ?

Un voile de pourpre se répandit sur le visage de Marthe.

– Elle crie, poursuivit M. de Savines, et voilà le diable qui accourt ! Je reconnais sa présence à la tristesse qui m'envahit.

– Vous, triste ! répondit Marthe en s'efforçant de rire.

– Ah ! reprit Olivier, vous ne me voyez pas quand je suis aux Vaux-de Cernay : je regarde tour à tour l'herbe qui grimpe le long de la pierre, la lune qui couvre de ses pâles rayons les arceaux silencieux, je m'accoude à ma fenêtre, j'ouvre ma poitrine au vent tout chargé de parfums sauvages, je caresse de la main les livres épars sur ma table, j'écoute le ronflement de mon cheval dans l'écurie, je prête l'oreille à tous les sons de la nuit, je sens que toutes ces choses sont belles et bonnes, je n'en désire pas d'autres, je veux remplir jusqu'au bout ma tâche commencée ; mais demain, mais plus tard, quand la vieillesse viendra ?... J'aurai donc traversé tout seul ces bonheurs qui s'enfuiront en me laissant dans l'amertume de l'isolement. Quelque chose s'agite en moi qui aspire à une autre félicité… Un fantôme se dresse devant mes yeux éblouis… Je l'appelle… Il passe… il s'éloigne… il disparaît !

Marthe étouffait. Elle aurait voulu fuir, ne rien entendre, interrompre Olivier ; elle se taisait et restait.

– Voulez-vous savoir qui dissipera cette tristesse contre laquelle je lutte vainement à certaines heures ? continua M. de Savines d'une voix pénétrante. Faut-il que ma confession s'achève et vous apprenne à quel prix je retrouverai la résignation perdue ?... Ah ! qu'une main se donne à moi, qu'une femme m'enseigne à marcher courageusement dans cette route où j'ai mis le pied, qu'elle m'anime de sa présence et m'exalte de sa tendresse, qu'elle soit mon guide, mon inspiration ; que cette femme ait l'âme assez ferme pour me maintenir dans ces campagnes qui m'ont sauvé, qu'elle partage ma vie et peuple ma solitude !... Je n'aurai plus qu'à bénir Dieu et à lui consacrer l'éternité de mon amour dans l'éternité démon bonheur...

– Ah ! cette femme, vous la trouverez ! s'écria Marthe, qui ne respirait plus.

Le cheval de M. de Savines hennit et frappa du pied. Marthe se leva d'un bond. Olivier voulut la suivre, elle lui fit signe de s'arrêter ; il obéit, elle prit en courant le chemin de La Grisolle. La rougeur couvrait son front : un trouble, une ivresse délicieuse la remplissaient ; elle n'osait lever les yeux et voyait partout le regard heureux de M. de Savines. S'il lui avait parlé en ce moment, cette personne rieuse aurait fondu en larmes : dans la soirée, elle eut grand'peine à se maîtriser ; elle ne pouvait tenir en place, il lui semblait qu'il suffisait de la voir pour deviner son secret. Elle aurait voulu que tout le monde partageât son bonheur et serait morte avant de le confesser. M. Pêchereau vint surprendre les deux sœurs. – Çà, dit le bonhomme en posant sa canne dans un coin, est-on toujours heureux ici ?

– Ah ! Dieu ! comprends-tu, Marie ? il demande si nous sommes heureuses ! s'écria Marthe.

L'accent de Marthe frappa la Javiole. – Eh ! notre demoiselle, vous avez la fièvre, dit-elle.

– Je ne sais pas, répondit Mlle de Neulise, qui se sauva dans sa chambre.

Le lendemain, elle était levée avec le jour. Elle craignit que M. de Savines ne vînt et souhaitait presque de ne pas le voir. Et cependant, comme elle l'aurait détesté, si elle n'avait pas entendu le pas de son cheval ! Elle était effrayée à la pensée de son visage quand il la regarderait. Au bout d'une heure ou deux de promenade, elle aperçut Marie qui travaillait sous un arbre ; Marthe la rejoignit. L'une était dans ses heures de rêverie, l'autre n'avait pas envie de parler, comme si elle eût redouté que son secret ne s'envolât avec le premier mot. Le silence se fit entre elles. Tout à coup Marthe remarqua que sa sœur écrivait du bout d'une baguette sur le sable. Les lettres naissaient lentement sous l'effort mécanique de sa main ; les yeux de Marthe s'élargirent, un frisson la prit ; le nom d'Olivier parut tout entier devant elle. Marthe saisit la main de Marie.

– Que fais-tu ? s'écria-t-elle en lui montrant le nom tracé sur le sable.

Marie porta les mains à son visage et tomba dans les bras de Marthe effarée, sans haleine.

– Eh bien ! oui ! dit-elle.

– Toi ! toi ! reprit Marthe d'une voix étranglée. Elle saisit Marie par les épaules et la regarda en face.

Marie se leva et s'éloigna en chancelant ; la voix de Marthe lui faisait peur. La Javiole était par là qui donnait du grain à sa poule noire. Marthe courut à elle, sans trop savoir ce qu'elle faisait, et, l'entraînant par le bras, la conduisit jusqu'à la place que Marie venait de quitter. – Regarde ! dit-elle, elle l'aime donc ?

La Javiole lut le nom d'Olivier sur le sable. – Pardine ! dit-elle, le beau mystère !… Vous ne le saviez donc pas ?

Marthe était atterrée. – Mais depuis quand ? comment ? reprit-elle.

La Javiole se baissa pour caresser sa poule. – Vous m'en demandez plus long que je n'en sais, répondit-elle… J'imagine que mam'zelle Marie elle-même serait fort en peine de vous expliquer comment la chose lui est venue… Ça m'est arrivé une fois, du temps que je dansais… Je m'étais endormie bien tranquille… Le lendemain j'avais le cœur pris.

Mlle de Neulise s'éloigna. Elle avait la gorge serrée ; si elle fût restée plus longtemps auprès de la Javiole, elle se serait trahie. Pendant deux heures, elle marcha au hasard, ne voyant rien de ce qui se passait autour d'elle et n'entendant rien. La fatigue la força de s'arrêter ; ses pas l'avaient portée près d'un petit ruisseau au bord duquel elle s'assit ; une sensation de chaleur brûlante qu'elle éprouvait sur le front, les joues, les tempes, la fit se pencher sur l'eau pour y chercher quelque fraîcheur ; elle s'aperçut seulement alors qu'elle avait le visage baigné de larmes. Un instant Marthe regarda sa propre image comme celle d'une personne qu'elle n'aurait pas connue. Elle sourit tristement, – Qu'il est loin, le temps où je riais ! murmura-t-elle.

La fraîcheur du ruisseau dans lequel elle trempa son visage et ses mains ranima sa pensée ; elle eut la force de regarder au dedans d'elle-même. Son rêve avait duré l'espace d'une nuit ; son bonheur avait eu un soir. Celui qu'elle aimait, sa sœur l'aimait aussi ; mais était-ce bien une sœur que Marie ? N'était-elle pas plutôt une fille d'adoption à laquelle elle avait promis intérieurement de se dévouer sans réserve ? Fallait-il du premier coup lui percer le cœur ? Les larmes recommençaient à couler plus amères et plus abondantes. Personne ne passait le long de ce ruisseau au bord duquel Marthe était couchée, la tête appuyée sur le tronc d'un saule. Pourquoi l'eau qui mouillait le pan de sa robe, tout à coup gonflée, ne l'emportait-elle pas ? Elle eût été ainsi débarrassée de la fatigue de chercher une route ; une lassitude extrême l'accablait. Sa main, qui pendait le long de son corps, jetait par mouvemens inégaux de petits cailloux dans l'onde ; elle n'y prenait pas garde. Puis, s'arrêtant et retirant sa main tout à coup : – C'était hier ! dit-elle.

Marthe ne put pas continuer et laissa tomber sa tête sur ses genoux.

En ce moment, un enfant sortait de la forêt. Il pliait sous le poids d'un fagot de bois mort. Le bruit de sa marche sur le sentier pierreux arriva jusqu'aux oreilles de Mlle de Neulise. Elle releva le front et le regarda. L'enfant venait de s'arrêter et passait la manche de sa chemise sur son visage ruisselant de sueur. Le soleil tombait d'aplomb sur sa poitrine nue et hâlée. Deux fois il souleva son échine, et deux fois la pesanteur du fagot le fit se courber. Il secoua sa tête couverte d'une crinière de cheveux, prit un bâton de la main droite, et faisant un vigoureux effort : – Allons donc ! dit-il d'une voix claire et vibrante dont le son fendit l'air, et Marthe le vit s'avancer sur le sentier lentement, mais résolument.

Ce fut comme si une secousse électrique l'avait tirée de son engourdissement. Par un geste instinctif, elle passa, elle aussi, la main sur son front et se mit debout. Devait-elle, femme, montrer moins de courage que cet enfant ? Dieu ne mesurait-il pas à chacun son fardeau : à ce petit bûcheron battu par les pluies de l'hiver et les ardeurs de l'été le fagot de bois que l'effort des muscles soulève, à la femme éprouvée l'infortune dont le cœur devient maître en l'acceptant ? Raffermie par un élan intérieur, Marthe courut sur les traces de l'enfant, vida dans sa main tout ce qu'elle avait de menue monnaie sur elle, et l'embrassant : – Va, dit-elle, tu m'as donné l'exemple, que Dieu te vienne en aide !

L'activité de la marche et le grand air avaient rendu le coloris à son teint quand elle parut de nouveau devant Marie, qui, toute confuse et pâle encore, n'osait la regarder. Marthe s'assit auprès d'elle. – Petite sœur, dit-elle d'une voix doucement agitée, nous avons à causer. – Marie ne répondit rien. On devinait aux mouvemens de son fichu que son cœur battait à coups pressés. – M. de Savines, reprit Marthe, – et il lui semblait qu'elle allait mourir en prononçant ce nom, – a-t-il quelque soupçon de ce que tu ressens pour lui ?

– Oh ! non, repartit Marie… S'il le savait, comment supporterais-je sa vue ?

– Ne tremble pas ainsi… Ne suis-je pas ta sœur, ta meilleure amie ? continua Marthe, qui passa un bras sous la taille de Marie et l'attira plus près d'elle… Un mot, une conversation peut-être, quelque chose enfin que je ne sais pas, te font-ils penser que M. de Savines a pour toi ces mêmes sentimens ?

Marie secoua la tête. Un mouvement de joie fit tressaillir le cœur de Marthe. Elle ne savait pas ce que l'avenir lui réservait, mais Olivier ne l'avait pas trompée. Celle qu'il avait choisie, c'était elle. Un soupir souleva sa poitrine ; puis, se reprochant tout à coup ce premier tressaillement de l'égoïsme, elle effleura de ses lèvres le front de sa sœur.

– Il faut cependant tout prévoir, continua-t-elle, si notre ami ne pensait pas à toi,… si par hasard une autre devenait sa femme…

Marthe ne put pas achever, Marie l'avait saisie par le bras, et pâle, l'œil désespéré, les lèvres agitées d'un tremblement convulsif : – Que sais-tu ? s'écria-t-elle ; qu'as-tu appris ? crains-tu quelque chose ? de quoi suis-je menacée ?… Parle !

– Calme-toi,… je ne sais rien…

– Ah ! tu m'as bouleversée !… Ici, dans ce désert !… qui pourrait-il aimer ?… Ah ! mon Dieu ! toi peut-être ?

Marthe soutint le regard de sa sœur sans pâlir. – Quelle folie ! répondit-elle ; ne suis-je pas ta sœur cadette ?… Est-ce qu'on épouse une fermière ?… Regarde, j'ai les mains brunes.

Marie embrassa Marthe. – Mais enfin il ne t'a pas dit qu'il s'en allait, n'est-ce pas ?

– Non ; mais M. de Savines est jeune, l'idée du mariage peut lui venir…

Permets-moi donc d'insister… S'il prenait des engagemens, que ferais-tu ?

– Je n'en verrais jamais la conclusion ; je me retirerais dans un couvent, j'y prendrais le voile.

Marthe dévorait sa sœur des yeux ; cette réponse la bouleversa : elle vit Marie perdue à jamais, ensevelie dans les murs glacés d'un cloître ; elle l'entoura de ses bras comme pour la retenir. – Moi vivante, tu serais religieuse !…

Un instant les deux sœurs confondirent leurs larmes ; la Javiole les surprit, et leur annonça que M. de Savines était à la maison et les demandait. Marthe se dégagea des bras de Marie. – Va le recevoir, dit-elle ; tu lui diras que je suis en course ou fatiguée, ce que tu voudras… Tu sais qu'il aime la musique, vous chanterez ensemble.

Elle la poussa du côté de La Grisolle, et s'échappa dans la campagne. Quand elle pensa qu'on ne pouvait plus la voir, elle se laissa tomber sur un tertre, derrière un rideau de buissons. Marthe était à bout de force ; cependant elle était contente d'elle-même : son cœur était déchiré, mais sa conscience lui criait qu'elle avait fait son devoir. L'immobilité rendit un peu de calme à ses sens troublés ; elle se souvint du temps où elle disait à M. Pêchereau : – Ce qu'il faut, il le faut ! – Ah ! qu'elle était jeune alors !

Le bruit des pas d'un cheval la tira de sa rêverie. Elle aperçut au loin Olivier qui passait dans la campagne et regardait partout pour voir s'il ne la découvrirait pas. Blottie derrière un pan de feuillage, Marthe appuya les deux mains sur son cœur : – Ah ! dit-elle, je ne m'appellerai jamais Mme de Savines !

VII.

Mais ce n'était pas tout que d'en prendre la résolution, il fallait encore la maintenir et amener M. de Savines à renoncer à celle qu'il aimait. Marthe passa la nuit à y réfléchir : elle ne pouvait pas avoir la cruelle espérance de réussir à éviter toujours Olivier ; il fallait d'abord et surtout ne pas le rencontrer dans ces lieux perfides où l'épanchement naît de la solitude. Plus de promenades lointaines, plus de courses aux bords de l'étang, plus de confidences, c'était du même coup retrancher ce qu'il y avait de plus charmant dans sa vie ; Mlle de Neulise s'y résigna. Peut-être M. de Savines l'accuserait-il d'indifférence et même de coquetterie. Elle eut un frisson à cette pensée ; mais qu'importait si le but était atteint ? Marthe s'appliqua donc avec un mâle courage à marcher dans ce chemin où les épines naissaient de chaque effort. M. de Savines ne la reconnaissait plus ; bien souvent il la suivait des yeux avec l'expression de la surprise et du chagrin. Marthe évitait alors de le regarder. La tristesse qu'elle lisait dans ses traits était la chose qui lui faisait le plus de mal. Deux ou trois fois Olivier essaya de reprendre l'entretien au point où ils l'avaient laissé, un soir, près de l'étang de la Tour ; elle ne s'y prêta pas : une fierté sauvage ne permit plus à M. de Savines de renouveler une tentative si mal récompensée. Marthe devina seulement qu'il en souffrait ; dans ces momens-là, près de faiblir et désespérée, elle ne trouvait l'énergie de persister qu'en se réfugiant auprès de Marie.

Un matin, à l'heure du déjeuner, Marthe parut en robe de soie et parée à ravir. M. de Savines était là, il ne put réprimer un léger cri à la vue de cette élégance. Marie retourna la tête. – Eh ! qu'est-ce donc ? dit-elle, te voilà comme à Rambouillet du temps de tes folies !

– Ah ! répondit Marthe, cela me lassait de porter sans cesse et toujours de la laine en hiver, de la toile en été… J'ai fouillé dans mes tiroirs, et j'ai passé la nuit à rafraîchir cette toilette… Me voilà plus jeune de dix ans.

Elle passa devant une glace en minaudant et se fit à elle-même une belle révérence. L'expression de la douleur la plus sincère parut sur le visage de M. de Savines. – Ah ! tu seras toujours la même ! reprit Marie.

– Toujours ! répliqua Marthe d'une voix sonore.

On s'assit à table un peu tristement. Marthe seule montra de l'entrain ; elle causait pour tout le monde et remuait sans cesse ; cela paraissait l'amuser d'entendre le bruissement de sa robe de taffetas. Après le déjeuner, qui ne se prolongea pas beaucoup, elle se mit au piano et joua des airs de danse avec une verve et un élan qui faisaient retentir la maison. La Javiole parut derrière la fenêtre et battit des mains. – À la bonne heure ! dit-elle, voilà de la musique qui ferait danser ma poule.

Marthe sortit bientôt après ; M. de Savines la suivit ; elle avait les joues en feu. Cette fois elle ne l'évita pas. – Est-il vrai, mademoiselle, dit-il, que vous soyez heureuse dans cette parure ?

– Très vrai, monsieur ; pourquoi mentirais-je ? répondit Marthe, qui avait envie de pleurer.

– Si j'osais exprimer toute ma pensée, j'ajouterais que ce n'est pas là tout à fait ce que vous paraissiez éprouver, il y a quelques mois, lorsque nous causions sur le bord de l'étang ; vous en souvenez-vous ?

– Parfaitement ; je me croyais alors plus forte que je ne suis… J'ai ouvert mes tiroirs l'autre jour ; je ne sais quel parfum m'est monté à la tête,… et j'ai plongé mes mains dans ces bagatelles d'autrefois avec un sentiment d'ivresse inexplicable, mais profond. Depuis ce moment, je ne fais que rêver. Des visions de bal traversent mes songes, j'entends les chants de l'orchestre, mon sang bout, et à mon réveil la campagne me fait horreur…

– Cette campagne où le bonheur m'était apparu !

Marthe sentit que son cœur se déchirait. – Eh ! oui, reprit-elle, hier je m'y croyais heureuse ; aujourd'hui ces bois, ces coteaux, ces clairières que j'aimais, tout cela m'étouffe… On n'est pas maître de ses mouvemens, on les subit.

Il y eut un silence. Mlle de Neulise et Olivier étaient arrivés au pied d'un bouquet d'arbres d'où la vue embrassait la métairie. Par la fenêtre ouverte, on apercevait le profil de Marie, penchée sur un ouvrage de broderie ; tout à coup ils la virent se lever et s'asseoir devant son piano. Bientôt quelques sons, poussés par le vent, arrivèrent en ondes sonores jusqu'à eux. Un rayon de soleil tombait sur sa tête et l'illuminait ; quelques pampres lui faisaient un cadre mouvant.

– Voyez ma sœur, poursuivit Marthe ; elle est restée telle que Dieu l'a faite, humble et soumise, tout entière au devoir, n'aimant que ceux qu'elle aime, cherchant l'ombre et bornant son horizon aux choses que son cœur peut atteindre. Point d'effort, partant point de révolte… Enfermez l'oiseau des bois, nourrissez-le des graines qu'il préfère, des insectes qu'il poursuit sur la mousse ; préparez-lui un nid du plus fin duvet ; qu'il n'ait plus à craindre l'oiseleur ou l'épervier, et ouvrez-lui la porte : à tire-d'aile il disparaîtra !… J'ai grand'peur d'être cet oiseau. La cage est charmante, fraîche en été, chaude en hiver,… et je regrette Paris.

– Ah ! taisez-vous, s'écria M. de Savines.

– Et pourquoi ? reprit-elle d'une voix nerveuse ; ai-je pétri de mes mains les sentimens dont mon cœur est plein ?… S'ils l'emportent sur cette résignation factice dont vous avez vu les miracles aux premiers jours de notre rencontre, eh bien ! je partirai, je retournerai dans ce monde que j'ai fui,… et là j'étancherai cette soif de plaisirs qui s'est réveillée.

– Et vous serez perdue pour nous,… pour moi !

Le cœur de Marthe sauta dans sa poitrine ; mais feignant de n'avoir pas entendu le dernier mot : – Oh ! dit-elle, un voyage n'est pas une émigration !… et l'on n'est pas perdue pour ses amis parce qu'on va au bal… Marie vous donnera de mes nouvelles.

Elle revint sur ses pas, laissant M. de Savines marcher à son côté sans lui parler. Elle arrachait des fleurs çà et là pour en faire un bouquet. Si M. de Savines y avait pris garde, il aurait remarqué qu'elle ne les cueillait pas après les avoir choisies ; elle les brisait au hasard ; les larmes la suffoquaient : ne venait-elle pas elle-même de briser dans son cœur cette fleur de l'amour idéal qui ne fleurit qu'une fois ?

À quelques jours de là, Mlle de Neulise mit son projet à exécution. Une vieille dame qu'elle avait rencontrée dans le voisinage l'avait invitée à passer quelque temps chez elle ; une lettre remplie des plus aimables instances vint à propos dans un moment où Marthe se sentait brisée. Loin, elle souffrirait moins du rôle qu'elle s'était imposé. La présence de Francion à La Grisolle y rendait son séjour moins nécessaire ; l'ordre et une aisance relative y régnaient. Marthe remplit une grande caisse de ses robes et commanda une voiture. Depuis qu'il avait été question de ce départ, Marie vivait de nouveau silencieuse et renfermée en elle-même. Elle ne pouvait s'empêcher d'en vouloir à sa sœur. Rien ne la guérirait donc de cette frivolité dont elle avait donné tant de marques ? – Comprenez-vous qu'elle parte ? dit-elle le jour même à M. de Savines.

M. de Savines ne répondit pas. La voiture entra dans la cour de La Grisolle. – Ah ! si tu m'aimais comme je t'aime, tu ne me quitterais pas ! reprit Marie.

– Peut-être, répondit Marthe, qui l'embrassa doucement ; chacun d'ailleurs aime à sa manière.

Elle tendit la main à Olivier, se jeta dans la voiture, et Francion fit claquer son fouet.

La dame chez laquelle Marthe se rendait recevait beaucoup de monde. Le mouvement n'est pas toujours la gaieté, il y supplée quelquefois. Mlle de Neulise comprenait aussi qu'elle ne pouvait pas reconnaître les bontés de son hôtesse par des airs mélancoliques ; elle mit donc une grande bonne volonté à subir l'influence du milieu qu'elle avait choisi, et y réussit en partie. Si elle ne parvint pas à s'amuser dans le sens littéral du mot, elle parvint à distraire sa pensée ; elle se raffermissait dans sa résolution, et si, cherchant en esprit les moyens de rapprocher Olivier de Marie, elle arrivait à la fin d'une journée sans larmes et sans trop de déchiremens, elle s'en réjouissait comme d'un progrès : elle appelait cela la convalescence de son cœur.

Quand Mlle de Neulise reparut à La Grisolle, elle trouva sa sœur pâlie ; M. de Savines était absent. Marie avait les mains brûlantes, la fièvre dans les yeux. – Pourquoi ne m'as-tu pas écrit ? s'écria Marthe.

– À quoi bon ? Tu dansais, répondit Marie.

Ce fut comme si un dard eût traversé le cœur de Marthe ; elle éclata, mais sans violence, et passant ses bras autour du cou de sa sœur : – Ah ! Marie, que dis-tu ? s'écria-t-elle.

Elle ne put pas aller plus loin ; les sanglots la suffoquaient. Marie eut peur de l'état dans lequel elle voyait Marthe : elle l'embrassa à plusieurs reprises. – Que t'ai-je fait ?... Pourquoi pleures-tu, toi qui ris toujours ? dit-elle.

Marthe ouvrit la bouche ; elle craignit que son secret ne lui échappât. – Laisse-moi pleurer, reprit-elle, ce n'est rien... Je croyais que tu étais heureuse... S'il faut encore te voir malade,... ah ! c'est trop !

Elle se tut tout à coup ; la pente était glissante : Marie, qui l'observait, pouvait tout deviner. Marthe lui passa la main sur les cheveux, comme une mère qui caresse sa fille, et souriant au milieu de ses larmes : – Va, j'étais bien seule loin de La Grisolle, dit-elle.

Marie, ranimée tout à coup, se serra contre elle. – Le monde ne t'a donc pas fascinée ? reprit-elle. Es-tu bien guérie maintenant ? J'ai tant souffert sans toi.

– Sois tranquille, dit Marthe, je ne te quitterai plus.

La santé de Marie était plus profondément altérée que Marthe ne l'avait cru d'abord ; elle la pressa de questions et finit par apprendre qu'il était question dans le pays du mariage de M. de Savines. Un frisson la parcourut tout entière, mais ce n'était plus d'elle qu'il s'agissait. On n'avait pas vu Olivier depuis quinze jours. La Javiole raconta à Marthe que le lendemain du départ de M. de Savines, dont le voyage coïncidait avec ces bruits d'union, Marie avait été saisie d'un accès de fièvre. – On ne m'aime pas, on ne m'a jamais aimée, ni lui, ni ma sœur ! répétait-elle dans son délire. Quand elle se taisait, c'était pour pleurer. – Cela me fendait le cœur de la voir si malheureuse ! ajoutait la Javiole, mais que faire ?

– Je ne sais pas, répondit Marthe ; mais sois sûre que je ferai quelque chose.

Ce chagrin profond, silencieux, concentré de sa sœur avait fait pénétrer comme une vie nouvelle dans les veines de Mlle de Neulise. Une force généreuse l'animait ; elle était résolue à ne pas fléchir dans la tâche qu'elle s'était imposée. Qu'on surmontât les petites difficultés que les heures fugitives de chaque jour apportent avec elles, c'est une affaire où le courage n'a point de part. Si l'enfant qu'elle avait vu déchirant ses pieds nus sur les cailloux n'eût pas courbé son dos meurtri sous le poids écrasant des branches mortes, eût-il eu ce fier mouvement de tête et ce cri altier qui communique aux muscles brisés toutes les forces vives du cœur ? Elle se sentit réchauffée et comme affranchie, et regarda devant elle d'un regard plus assuré. Marie était malade de l'absence de M. de Savines. Il fallait d'abord rappeler M. de Savines et le revoir. Marthe interrogea Francion. L'ancien braconnier ne savait rien. – Jacquot lui-même ne retrouverait pas sa trace, dit-il. – Valentin, qui était accouru à La Grisolle dès le retour de Marthe, était mieux informé. M. de Savines habitait un château du côté d'Épernon. – On y joue la comédie ; il y a beaucoup de beau monde, ajouta Valentin, qui taillait un morceau de bois et observait Mlle de Neulise. Marthe lui demanda s'il se chargerait de porter une lettre à ce château. – Je ferai ce que vous voudrez, répondit Valentin.

Marthe ne perdit pas une minute ; elle écrivit quelques mots à la hâte et les remit au tailleur d'images. – C'est fort pressé, dit-elle, partez ce soir.

Valentin retourna dix fois la lettre entre ses doigts. – Il est bien heureux ! murmura-t-il : quelqu'un l'attend, quelqu'un le désire !

– Heureux ! qui donc est heureux ? répliqua Marthe avec un léger mouvement d'épaules… Il fera clair de lune ce soir… Partez vite.

Valentin jeta contre un tronc d'arbre la statuette à moitié sculptée et s'éloigna à grands pas.

Marthe rentra à La Grisolle. Une voix intérieure lui criait que M. de Savines ne serait pas longtemps sans reparaître. – M. de Savines ne pense pas au mariage, dit-elle hardiment à Marie, qu'elle trouva accoudée à la fenêtre la tête dans sa main, la pensée dans les nuages. Le rouge monta au visage de Marie, qui sans répondre embrassa Marthe. – Petite sœur, poursuivit celle-ci, viens dîner, mange un peu pour faire plaisir à la Javiole, prie le bon Dieu, et dors tranquille… M. de Savines sera bientôt ici.

Cette fois Mlle de Neulise était décidée à ne rien épargner pour l'amener à

La Grisolle, fallût-il aller le chercher elle-même et le disputer à une fiancée.

Valentin revint dans la nuit ; Marthe l'attendait. – M. de Savines sera aux Vaux-de-Cernay au petit jour, dit-il. Votre lettre n'était pas dépliée qu'il l'avait lue… Il a donné l'ordre devant moi de préparer sa valise et de seller son cheval.

– Merci, mon bon Valentin, répondit Marthe, qui courut prendre quelques heures de repos.

Valentin rentra tristement chez lui. – Son bon Valentin ! disait-il ; il est certain qu'elle ne m'aimera jamais ! Sait-elle seulement si j'ai le cœur gros ?… Me voit-elle quand elle me parle ? Si j'étais un homme, j'irais me casser la tête… Qu'avait-elle besoin de venir ici ? Elle a fait de moi quelque chose,… et sans elle désormais je ne serai rien.

Avant le jour, Marthe avait fait une moisson de fleurs qu'elle mit en gerbes dans tous les vases. Le premier regard de Marie les aperçut ; la maison avait un air de fête : elle s'habilla à la hâte sans oser questionner sa sœur. Pourquoi cette parure ? pourquoi cette gaieté, cette malice dans la physionomie de Marthe ? Le galop d'un cheval retentit en ce moment dans la petite avenue qui conduisait à La Grisolle. Marie se sentit pâlir. – Qu'est-ce que cela ? dit-elle.

– Regarde, répondit Marthe, dont le cœur n'était pas le plus lent à battre.

Marie se pencha sur l'appui de la fenêtre. M. de Savines descendait de cheval. Marie chancela. Marthe poussa un cri. – Ah ! n'aie plus peur !… Le cœur me manque ;… mais il est là ! dit Marie le visage rayonnant de joie.

Cette parcelle de diplomatie qu'on trouve dans le cœur des femmes les plus candides avait inspiré la lettre que Mlle de Neulise avait adressée à

M. de Savines : elle ne s'en serait peut-être pas servie pour elle-même ; la pensée de sa sœur la décida. M. Pêchereau était retenu à Rambouillet par des rhumatismes auxquels le bonhomme était sujet. Marthe prit prétexte de l'isolement où l'absence de leur protecteur naturel les mettait pour prier Olivier de ne pas abandonner leur voisinage de quelque temps. On pouvait avoir besoin d'un secours pendant la nuit : à qui s'adresserait-on, si le solitaire des Vaux-de-Cernay quittait son ermitage ? Elle avait pensé que son amitié pour les deux sœurs était assez sincère pour excuser et comprendre la liberté qu'elle avait prise dans une heure de découragement. Tout cela fut dit avec une mélange de bonne humeur et d'attendrissement où l'on sentait la prière. Olivier se rendit sans effort : il promit de ne plus bouger de ses ruines ; mais ce n'était pas tout. Marthe le prit à part dans la journée. Elle avait eu de sérieuses inquiétudes au sujet de la santé de Marie, sur laquelle malheureusement elle n'avait point d'autorité ; elle avait pu remarquer au contraire en maintes circonstances que M. de Savines avait sur son esprit une influence réelle. Elle lui demandait d'en faire usage pour l'arracher à une tristesse sans cause que Marie avait le tort de ne pas combattre. – Une sœur, ce n'est rien ! dit-elle ; on n'entend pas même ce qu'elle dit. Un ami, c'est quelque chose… Vous l'encouragerez, vous la gronderez, mais doucement, et elle vous écoutera.

Cette ruse innocente prenait sa source dans une connaissance exquise des sentimens les plus délicats du cœur. Marthe avait pu voir, par une expérience personnelle, que les êtres doués d'une véritable bonté s'attachent par les liens les plus forts aux êtres plus faibles qu'ils ont soulagés dans leur affliction, secourus dans leur détresse. Cette utilité charitable les enchaîne, les échauffe, les pénètre, et ils se donnent en croyant servir. Or Mlle de Neulise était bien sûre que M. de Savines avait la bonté en partage. Cette tutelle morale qu'elle lui confiait avait ce premier avantage de permettre à Olivier d'entrer plus avant dans ce caractère, non pas farouche, mais effarouché, tendre, tout plein des plus charmantes délicatesses, mais tout embarrassé de voiles qu'une excessive timidité épaississait. Leur intimité nouvelle le ferait marcher dans le pays des surprises aimables ; Olivier aurait pour continuer le charme des découvertes ; devant lui et pour lui, Marie se dégagerait de ses voiles. C'était une tactique habile ; seulement Mlle de Neulise devait s'y déchirer contre des épines qu'elle entrevoyait, et dont par avance elle acceptait les meurtrissures. Ces épines ne tardèrent pas à lui faire sentir leurs pointes ; Marthe se raidit et continua, par de douces confidences, à pousser M. de Savines. Marie allait mieux. Au retour d'une promenade faite avec sa sœur et Olivier, elle avait chanté, ce qui ne lui était pas arrivé depuis deux mois. La mélancolie disparaissait comme le brouillard de la première heure quand s'élève le matin. Ses yeux avaient un éclat, ses joues un coloris qui annonçait le retour à la santé. Olivier recueillait le prix de ses efforts ; il avait tenu à cette âme languissante le langage qui devait la réconforter. Quant à Marthe, elle continuait à se parer de robes de soie, à s'attifer et à faire retentir La Grisolle des sons vifs et pétulans d'une musique nouvelle qu'elle avait fait venir tout exprès de Paris. Tandis que ses doigts rapides couraient sur le clavier, Mlle de Neulise surprenait souvent les yeux de M. de Savines, qui allaient de la musicienne à Marie, et qui finissaient par s'arrêter avec une complaisance plus douce sur la silencieuse personne retirée au coin de la fenêtre. Le cœur de Marthe se gonflait alors ; mais, précipitant le vol de ses mains : – Ce qu'il faut, il le faut ! pensait-elle. – Ce travail qu'elle avait prévu se poursuivait : la comparaison se faisait au désavantage de Marthe ; mais il fallait que l'œuvre de l'immolation fût poussée jusqu'au bout.

– Au moins es-tu heureuse ? disait-elle quelquefois à sa sœur en l'embrassant. Le regard que Marie lui jetait alors était sa récompense.

Un jour le pied de Marie glissa sur la bruyère à la descente d'une côte, et elle tomba sur le genou. M. de Savines poussa un cri, l'enleva dans ses bras, et la porta sur un pan de rocher couvert de mousse. Ce n'était pas Marie qui était la plus pâle. De quels regards Olivier ne l'enveloppait-il pas ! Marthe sentit sa poitrine se serrer ; elle s'appuya contre un arbre. – Ah ! malheureuse, il l'aime ! pensa-t-elle ; mais sa conscience se révolta contre ce cri de l'égoïsme. Indignée, elle s'approcha de sa sœur et voulut partager avec M.

de Savines les soins qu'il lui prodiguait. – Ah ! qu'elle a été lente à venir ! se dit Olivier. Avait-elle peur de gâter sa belle robe dans les broussailles ?

Le soir même, quand l'heure de se retirer approcha, Marthe, qui sentait que le sommeil ne viendrait pas pour elle, sortit de La Grisolle. Son cœur était plein ; elle éprouvait une sorte d'accablement : c'était moins de la souffrance qu'une grande lassitude d'esprit. L'énergie naturelle de son caractère l'avait soutenue jusqu'à ce moment : le but atteint, une défaillance extrême la surprenait. Comme un explorateur hardi qui gravit avec effort une montagne escarpée, et, vainqueur du dernier obstacle, succombe au moment où ses pieds foulent la crête du rocher, Marthe faiblissait tout à coup. Ses larmes débordaient intérieurement. – On m'appelait autrefois miss Tempête, pensa-t-elle. Où est ce temps-là ?

La campagne était silencieuse. Quelques chiens veillaient dans les fermes et poussaient par intervalles de longs aboiemens. Les pas de Marthe la portèrent du côté de La Villeneuve, sans que sa volonté eût choisi cette direction de préférence à une autre. Elle ne pensait pas. Olivier et Marie lui apparaissaient confusément comme dans un rêve. Il y a dans le village vers lequel elle se dirigeait un grand arbre dont l'ombrage gigantesque couvre la place publique. Une image grossière de la Vierge a été placée dans le tronc monstrueux. Les bonnes âmes du pays y font quelquefois leurs dévotions. Le croissant aminci de la lune jetait une lumière pâle sur le vieil ormeau. Tout dormait dans le village. On ne voyait de clarté que derrière une fenêtre à l'angle d'une vieille maison tapissée de vigne et de rosiers. Marthe regardait cette fenêtre ; elle se souvint que c'était là qu'habitait Valentin. Pourquoi veillait-il ?... Les villages qu'on traverse la nuit ont des aspects mélancoliques que n'ont pas les campagnes, où le silence est en harmonie constante avec l'espace. L'enfant ne court pas dans la rue animée par les jeux qui suivent la sortie de l'école ; la poule et le pigeon ne cherchent plus le grain épars dans la poussière ; point de coq bruyant battant de l'aile sur une meule de paille pillée par une bande de moineaux, point de chien dormant au soleil et dont la queue frétille sur le passage du maître, point de vache à l'abreuvoir, point de filles étendant le linge mouillé sur les haies. L'essieu de la charrette ne crie pas ; on ne voit pas le sabotier sur le seuil de sa maison ni la ménagère au coin de son feu : la vie semble s'être retirée des chaumières, le bruit et le mouvement sont morts. Marthe s'assit sous le grand arbre, tout entière à cette impression. Le frisson l'avait prise ; c'était moins le froid qu'un trouble intérieur. Elle s'était vaincue elle-même, elle ne regrettait pas cette victoire, mais ne savait pas encore si elle était soumise. Où elle cherchait les sentimens de la mère, elle sentait les tressaillemens de la femme. Poussée par un mouvement de l'âme où la réflexion n'avait point de part, Marthe venait de glisser sur ses genoux aux pieds de l'image populaire, lorsqu'elle entendit marcher auprès d'elle. Ce pas était en quelque sorte amical et doux ; elle se retourna sans effroi et aperçut Valentin.

– Ce n'est pas une pensée indiscrète qui m'amène, dit-il ; je vous ai vue passer tout à l'heure, vous veniez de la plaine,… je vous ai reconnue. Peut-être n'aurais-je pas quitté ma chambre, si je ne vous avais vue vous perdre sous cet ombrage… La nuit est froide… J'ai craint pour vous… Le corps est faible quand le cœur n'est pas content.

– Merci, mon pauvre Valentin, répondit Marthe, qui ne retint pas ses larmes.

– Que ma présence ne vous gêne pas… Si vous étiez en prière, continuez et priez pour moi. La place me connaît… Je sais ce qui se passe en vous… Quand le cœur est trop plein, il faut qu'il s'épanche comme une eau qui coule.

Cette fois Marthe, un peu surprise, releva le front, et regarda le tailleur d'images.

– Cela vous étonne, ce que je dis, reprit Valentin. Que de choses on apprend à deviner quand on ne parle pas ! Vous êtes une bonne créature du bon Dieu, vous donnez votre cœur en pâture aux autres, et les autres, ceux qui le déchirent, ne s'en aperçoivent même pas !

– Valentin !...

– Oh ! ne craignez rien, je ne parle qu'à vous... Est-ce que je ne vous ai pas vue dans tous les sentiers ?... Vous marchiez comme la bergeronnette qui sautille le long des ruisseaux, vous n'étiez pas seule. À présent vous errez la nuit, et ce n'est pas la rosée qui a suspendu ces gouttes d'eau à vos paupières... Mais qu'importe ? Mlle Marie sera heureuse !... Il y a des bonheurs qui se contentent de peu et passent après tous les autres : ainsi va le vôtre.

Marthe était touchée, elle ne chercha point à combattre la conviction de Valentin ; il l'exprimait en termes qui ne pouvaient l'offenser, et en outre elle était sûre de lui. Cet incident donna un autre cours à ses pensées. – À ma place, n'auriez-vous pas fait comme moi ? dit-elle au sculpteur d'un air simple et affectueux.

– Je ne sais pas ; mais à la place d'une autre personne qu'il ne m'appartient pas de nommer, je vous en voudrais beaucoup.

La lumière brillait toujours à la fenêtre de Valentin. Cette clarté solitaire attira les yeux de Marthe. Dans ce village endormi, elle paraissait singulière et appelait l'attention.

– Pourquoi donc veillez-vous si tard ? reprit Mlle de Neulise, qui changea le cours de l'entretien sans intention, et comme si elle n'avait pas entendu la réponse de Valentin.

– Pourquoi ?... Eh ! que sais-je ? dit-il d'une voix moins ferme. Vous vous promenez, pourquoi ne veillerais-je pas ?... Vous m'avez secouru par de bonnes paroles, vous m'avez fait ce que je suis ; mais la guérison n'est peut-être pas complète. Je ne me fais point d'illusion sur moi-même… Enfin ce que j'étais, je ne le suis plus. Malgré moi, je pense. Je vous ai prise en amitié, mademoiselle ; mais vous me semblez plus vaillante, plus brave que moi. Dans une situation qui aurait du rapport avec la vôtre, j'aurais certainement moins de courage, moins de résolution. Il n'y aurait que la fuite qui me guérirait. Je ne dis pas comme le proverbe : « Loin des yeux, loin du cœur ; » mais je dis : « Loin des yeux, loin des pleurs. » L'autre jour, vous en souvenez-vous ? vous me disiez : « Qui donc est heureux ? » Hélas ! je crois bien que vous aviez raison. Cependant voilà deux heureux que vous faites ; mais ce n'est pas vous, et ce n'est pas moi.

L'association de ces deux mots ne frappa point Marthe. – Que vous manque-t-il donc ? reprit-elle avec un intérêt qui n'était pas feint.

Valentin se troubla. – Rien peut-être, répondit-il, ou peut-être quelque chose que je ne saurais dire. Cela se passe en moi. Je travaille, et il me semble que vous n'aviez pas tort quand vous auguriez bien de mes dispositions. L'esprit s'échauffe, les doigts s'assouplissent, pleins d'un feu et d'un mouvement singuliers. Je trouve bonne l'œuvre commencée, et pourtant je ne cherche point à me faire illusion. Puis tout à coup une idée me vient, je ne sais quoi, et voilà mes mains qui s'affaissent comme brisées ;… Le bon vouloir est envolé : il n'y a plus que des bras inertes où il y avait un homme,… je n'ose pas dire un artiste.

– Osez, osez le dire ! il dépend de vous que cela soit ; mais il faut que la volonté active et persévérante y soit tout entière et sans relâche.

– Je sais !… Ce qu'il faut, il le faut ! c'est votre devise ;… mais le faut-il ?

La pensée de Marthe, sollicitée par une souffrance étrangère, se dégagea d'elle-même, et trouva une vigueur inattendue dans cette révolution : elle parla à Valentin un langage élevé, s'anima subitement, et sortit de sa tristesse et de son abattement comme un malade réveillé de sa léthargie par une secousse. La force reprenait possession de son cœur. – Venez, venez souvent, lui dit-elle. La Grisolle ne vous a jamais été fermée.

Valentin pensait à M. de Savines. – Et il a pu l'oublier ! se disait-il.

En ce moment la cloche sonnait à l'église. – Minuit ! reprit Marthe, qui se leva. Elle tendit la main au tailleur d'images. – Debout et à demain ! dit-elle en le regardant d'un air d'amitié sincère. Valentin n'osa pas la suivre.

Comme elle traversait la place d'un pas rapide, elle sentit à son cou l'impression du froid ; elle y porta la main : le petit mouchoir de soie qui l'entourait tout à l'heure n'y était plus. Marthe se retourna et aperçut Valentin qui se baissait. Il venait de ramasser le mouchoir et le portait à ses lèvres avec un mouvement passionné. Marthe joignit les mains toute saisie. Un trait de lumière venait de l'éclairer. – Ah ! mon Dieu ! dit-elle.

VIII.

Il y avait de la tristesse et de l'étonnement dans ce cri, mais point de colère, peut-être même de l'attendrissement. Se pouvait-il que Valentin l'aimât à ce point ? Comment ne s'en était-elle pas aperçue plus tôt ? Marthe n'y comprenait rien. Il fallait songer à le guérir, et c'était encore une grosse affaire. Les sentimens ont parfois des conséquences qui ne semblent pas logiques, et qu'on serait fort embarrassé d'expliquer, si on ne savait que l'esprit a des caprices spontanés. La pensée que le tailleur d'images souffrait du même mal dont Marie avait pleuré inspira à Marthe, par une sorte de contre-coup, la résolution de hâter le dénoûment de ce qu'elle avait si bien préparé. Si elle ne voyait que blessures secrètes en elle et autour d'elle, il fallait au moins que sa sœur ne connût plus les larmes. Elle s'endormit tranquille là-dessus, se réveilla reposée et rafraîchie au petit jour, et prit, sans parler à personne, le chemin des Vaux-de-Cernay. Au moment où elle sortait de La Grisolle, la poule noire de la Javiole, qui gloussait devant la porte, vint à elle. – Allons, c'est d'un bon augure ! pensa Marthe.

Au bout d'une demi-heure et après avoir marché fort vite, elle aperçut les ruines de l'ancienne abbaye, qu'un peu de brume enveloppait. Un petit garçon qui rajustait des lignes indiqua l'appartement de M. de Savines à Mlle de Neulise. Elle entra dans une salle basse décorée de quelques meubles de chêne. Olivier, qui partait pour la chasse, déjeunait à la hâte. À la vue de Marthe, il se leva : – Que se passe-t-il à La Grisolle ? s'écria-t-il.

Marthe le rassura d'un mot. – On dort, dit-elle ; à présent donnez-moi le bras, et promenons-nous un instant.

L'entretien n'était pas facile à commencer entre un jeune homme et une jeune femme séparés par un petit nombre d'années ; certains mots pouvaient réveiller un ordre de sentimens qui devaient rester assoupis. Mlle de Neulise l'aborda résolument. – Le bruit a couru à La Grisolle que vous allez vous marier, reprit-elle ; pardonnez-moi l'indiscrétion de ma demande, la nécessité m'y contraint. J'ai commis une imprudence que je dois m'appliquer à réparer dans la mesure de mes forces. N'hésitez donc pas à me dire la vérité.

— J'hésite d'autant moins à le faire que la vérité est fort simple, répliqua M. de Savines. Un de mes amis avait pensé pour moi à un projet d'établissement. Je l'ai repoussé, voilà tout.

Olivier se tut et regarda Marthe de l'air d'un homme qui attend une explication.

— J'irai jusqu'au bout, continua-t-elle. Voyez en moi une mère, une vieille fille si vous voulez… J'ai charge d'âme… Donc ne m'en veuillez pas si je mène loin cette conversation, provoquée à une heure où l'on n'a pas coutume de rendre des visites… Peut-être aimeriez-vous mieux causer avec les chevreuils du roi… Mettez de la bonne grâce à m'écouter…

Olivier était accoutumé à ce langage alerte, où le bon sens et une ferme volonté portaient la livrée de la gaieté. — Parlez, dit-il.

— À votre âge, les projets d'établissement sont de tous les jours. Si vous deviez en accepter un, je vous dirais bien franchement : Donnez-moi la main et ne reparaissez plus à La Grisolle.

M. de Savines fit un mouvement. — Ne croyez pas que je sois capricieuse, poursuivit Marthe ; j'ai été malheureusement étourdie, et c'est tout. Vous m'avez aidée, vous savez dans quelles circonstances, à tirer ma sœur d'une mélancolie qui pouvait avoir de funestes conséquences pour sa santé. Elle est guérie, mais elle n'a pas, comme moi, traversé le monde et trouvé dans cette fréquentation la cuirasse qui met le cœur à l'abri des surprises. Si nous devons nous dire adieu, mieux vaut que ce soit aujourd'hui que demain.

Deux sentimens étroitement liés se disputaient le cœur de M. de Savines. À mesure que Mlle de Neulise parlait, malgré lui il ne pouvait s'empêcher de penser à ce jour lointain où leur âme avait partagé la même émotion. La claire lumière du matin remplaçait la clarté pénétrante du soir ; mais c'était la même femme, la même voix, le même limpide regard. N'était-elle pas la compagne qu'il avait souhaitée, celle qui un instant avait paru répondre à son appel mystérieux ? Cependant l'image doucement attendrie et rêveuse de Marie flottait devant lui. Elle avait la séduction de la faiblesse, toute la grâce de l'amour humble et soumis. – Ah ! dit M. de Savines, j'ai fait un rêve !

Ce n'était pas précisément le mot que Marthe attendait. Elle sut gré cependant à Olivier de ne pas oublier trop vite la soirée à laquelle il venait de faire allusion par un cri ; mais, étouffant les pulsations d'un cœur qu'elle condamnait au sacrifice : – Vous ne redoutez donc plus ce diable dont vous me parliez au bord de l'étang autrefois ? dit-elle en souriant.

M. de Savines tressaillit ; l'accent de cette voix aimable le trompa. – Eh quoi ! s'écria-t-il, cette femme que je devais trouver, c'était donc Marie ?

– Et quelle autre vouliez-vous que ce fût ? répondit Marthe sans éviter le regard d'Olivier.

M. de Savines réfléchit un moment ; puis, comme subjugué par l'empire de ces yeux profonds, clairs, lumineux, avec un mélange inexprimable de tristesse, de passion, de reconnaissance : – Mademoiselle, dit-il, permettez-moi de vous ramener à La Grisolle.

Marthe laissa tomber sa main dans celle d'Olivier : elle venait de conclure les fiançailles de sa sœur.

Le premier bienfait d'une détermination résolument prise, c'est d'apporter une sorte d'apaisement dans les esprits troublés. Avec l'incertitude cesse le malaise. On éprouve la sensation de bien-être et de contentement du voyageur qui, perdu quelque temps au milieu des broussailles et des halliers d'une forêt, voit tout à coup s'ouvrir devant lui une route plane et droite. Marthe connut ce bonheur, elle fut étonnée elle-même de la liberté de son langage, tandis qu'elle suivait avec Olivier le chemin qui les ramenait à La Grisolle ; les battemens de son cœur étaient réguliers, elle s'appuyait avec confiance sur le bras de M. de Savines, aucune tempête ne l'agitait. Quand elle entra dans le petit salon de la métairie, Marie, inquiète de l'absence de Marthe à une heure matinale où les soins du ménage la retenaient ordinairement au logis, avait envoyé la Javiole et Francion à sa recherche ; elle-même, après des courses autour de la maison, se tenait à la fenêtre. Marie n'avait pas vu sa sœur et M, de Savines, qui étaient entrés par une porte de derrière des bâtimens. Elle tourna la tête au bruit que fit Marthe en paraissant tout à coup dans la pièce du rez-de-chaussée. – Ah ! te voilà ? dit-elle.

Elle aperçut Olivier, qui marchait derrière sa sœur, et s'arrêta court. Un tel rayonnement illuminait le visage de Marthe, l'expression de ses yeux était si charmante, si tendre, si remplie d'impatience, que Marie devina que quelque chose d'extraordinaire se passait. Elle devint pourpre et regarda Marthe à son tour avec un sentiment d'anxiété où la crainte et l'espérance se peignaient.

– Eh bien ! oui, c'est vrai ! s'écria Marthe, qui poussa M. de Savines du côté de Marie.

Les joies du sacrifice sont les plus fécondes et les plus pures, si elles sont les plus austères. Seules, les âmes fières et délicates en connaissent les voluptés ; comme autrefois la lance sacrée de Minerve qui guérissait les blessures ouvertes par son fer divin, elles cicatrisent les plaies qui saignent au fond du cœur. Marthe, reposée, commençait à croire qu'il n'y a qu'un vrai bonheur dans la vie, c'est d'assurer le bonheur de ceux qu'on aime. Cependant son secret devait un jour lui échapper. M. de Savines ne quittait presque plus La Grisolle depuis ses fiançailles avec Marie. Les bans de leur prochain mariage étaient publiés, et la présence de M. Pêchereau, guéri de ses rhumatismes, lui permettait de rester auprès des deux sœurs. Un matin, au moment de mettre pied à terre, le cheval qu'il montait fit un écart prodigieux, et, manquant des quatre fers à la fois, s'abattit sur l'herbe avant qu'Olivier eût pu sauter de selle. Marthe était sur la porte de La Grisolle : elle poussa un cri et s'élança vers le cavalier d'un seul bond ; mais la chute avait été plus rapide que terrible. L'homme et le cheval étaient debout avant même qu'elle eût fait trois pas. Elle saisit M. de Savines par le bras et l'enveloppa d'un tel regard que la lumière apparut aux yeux d'Olivier. – Ah ! dit-il à demi-voix, vous m'avez trompé !

Mlle de Neulise, qui était toute blanche, sentit le feu lui monter au visage. En ce moment, Marie sortait de la maison ; elle avait vu l'accident et se soutenait à peine. L'angoisse était dans ses yeux, le désespoir sur ses traits. – Regardez-la ! murmura Marthe ; ai-je eu tort ? – M. de Savines courut vers Marie et la prit dans ses bras. Marthe, bouleversée, détourna la tête ; une larme silencieuse coula sur sa joue, ce fut la dernière qu'elle versa.

Cependant elle avait oublié Valentin. Le dévouement lui-même a son égoïsme. Il semblait à Mlle de Neulise qu'il n'y avait plus rien au monde après Marie et Olivier. Un incident lui rappela le tailleur d'images. Quelque temps s'était passé. M. de Savines était uni à Marie. Un jour, Marthe aperçut Francion qui abattait un arbre à grands coups de hache ; jamais on n'avait manié la cognée avec une si frénétique ardeur. Un éclat de bois volait à chaque coup. Marthe s'approcha en riant : – Ça ! dit-elle, que vous a fait ce pauvre tronc mort ? on dirait que vous lui en voulez.

– Moi, dit Francion, j'ai que Valentin s'en va !... J'enrage, et je frappe cet arbre pour que la colère s'en aille aussi.

– Ah ! reprit Marthe, Valentin s'en va !

L'histoire de cette nuit qu'elle avait passée sous l'orme de La Villeneuve lui revint à la mémoire ; elle se troubla. Francion jeta sa cognée brusquement. – Voici Valentin, il vous expliquera lui-même pourquoi il part, dit-il ; moi, je vais prendre mon fusil et faire un tour au bois… Eh ! Jacquot, ici !

Francion siffla son chien et s'éloigna à grands pas. L'arbre qu'il avait frappé tomba entraîné par son propre poids.

Valentin s'avançait en effet le long d'un sentier ; il marchait lentement, comme une personne qui hésite. Un sentiment indéfinissable empêchait Marthe de remuer : elle craignait, en quittant sa place, de blesser ce pauvre cœur endolori ; elle vit le compagnon de son enfance s'arrêter un instant et regarder en arrière. Malgré elle, Marthe lui fit signe d'approcher. Valentin s'avança rapidement. – Si je ne me hâtais pas, dit-il, je n'oserais jamais… Il faut cependant que vous entendiez ma confession.

Un peu de fièvre brillait dans ses yeux ; il osait à peine regarder Mlle de Neulise. – Vous m'aviez dit un soir, reprit-il, que La Grisolle me serait toujours ouverte… J'y suis allé une fois, deux fois… Personne ne m'a reçu…

– Ma sœur se mariait, répondit Marthe.

– Ne vous excusez pas ; ce que vous faites est bien fait… Malheureusement le mal dont je souffre n'a fait qu'empirer. Les raisonnemens n'y peuvent rien… Il faut que je prenne un parti, je sens bien qu'ici je ne guérirai jamais. Je m'en vais donc.

Valentin soupira. Il semblait épuisé par l'effort qu'il faisait. Marthe se sentit touchée par cet accablement, mais elle ne savait que lui dire ; pour la première fois de sa vie, elle ne trouvait pas les mots qui connaissent le chemin du cœur.

– Je me suis promis de tout vous dire, continua Valentin ; vous me connaîtrez mieux et comprendrez qu'il est impossible que je reste. Je pense à vous depuis que j'ai pu me souvenir de quelqu'un et de quelque chose. Mon premier mouvement, quand j'ai su que vous étiez revenue à La Grisolle, a été de courir à vous pour vous embrasser… J'ai retrouvé une belle personne dont la vue m'a rempli de trouble… Plus tard, vous m'avez parlé avec une douceur, une onction, une fermeté qui me pénétraient. J'étais entre vos mains comme une cire molle. Si je n'avais pas fait absolument tout ce que vous vouliez, il m'eût semblé que j'étais coupable du plus grand crime… Vous savez si j'ai résisté à cette voix qui m'invitait à l'obéissance !… J'ai travaillé, on a fini par admettre que j'avais quelque talent ; c'est peut-être vrai, mais le cœur n'y est pas. Je me désole de désespérer mon pauvre vieux parrain,… Le cher homme ne mérite pas qu'on lui fasse de la peine… En vous regardant à travers les arbres, quand M. de Savines se trouvait sur votre passage, comme s'il vous eût attendue, j'ai bien compris d'où venait ce surcroît de tristesse. Je ne me fais point d'illusion sur l'attachement que vous avez pour moi, je ne m'enorgueillis d'aucune sotte idée ; mais il faut que j'arrache cette épine de mon cœur. C'est pourquoi j'ai pris la résolution de voyager. L'air d'ici est plein de vous ; partout je vous vois… J'irai si loin, qu'il faudra bien que je vous oublie en route.

– Et où irez-vous ? demanda Marthe.

– En Italie d'abord ; on dit que les gens de mon métier y trouvent à s'instruire… Si ce pays est encore trop près, je pousserai plus avant.

Une sorte de pitié s'empara de Marthe, et avant même d'avoir réfléchi : – Ne partez pas sans nous faire vos adieux ! reprit-elle.

Dans la soirée, Marthe vit le bonhomme Favrel ; l'idée de perdre un enfant auquel il s'était dévoué le navrait. – C'est un innocent, disait-il. Que deviendra-t-il loin de ceux qui ont pris soin de lui ?… Si je n'étais pas si vieux, je le suivrais… Comment faire pour le retenir ? – Le pauvre maître d'école suppliait Mlle de Neulise de lui venir en aide ; il ne disait pas tout, mais ses yeux parlaient pour lui. – Tenez, ajouta-t-il, voilà ce que j'ai trouvé dans sa chambre ; il vous destinait cet objet, mais jamais le pauvre Valentin n'aurait osé vous l'offrir.

En parlant ainsi, le père Favrel tira de dessous son vêtement une statuette de bois d'un travail exquis. L'attitude, la draperie, le mouvement du corps, les traits, l'expression du visage, tout était charmant. À la vue de cette œuvre traitée d'une manière à la fois large et délicate, Marthe poussa un cri d'admiration. Presque aussitôt elle rougit, il lui semblait que c'était sa propre image qu'elle avait sous les yeux. Sa sœur survint en ce moment. – Mais c'est toi ! s'écria Marie en regardant la statuette.

Mlle de Neulise fit un geste de la main comme pour la rendre ; le regard de M. Favrel devint si suppliant qu'elle la garda.

Pendant toute la nuit, elle pensa au tailleur d'images ; la statuette était devant elle sur le coin de la cheminée ; la clarté d'une veilleuse lui permettait de la voir. Elle se souvint des nuits qu'elle avait passées sans sommeil dans les premiers temps où elle s'appliquait à rapprocher Olivier de Marie. Elle fit un retour sur elle-même et sur Valentin. En un instant, son visage fut couvert de larmes. – Ah ! qu'il a dû souffrir ! se dit-elle.

Trois jours se passèrent ; rien ne paraissait changé dans la vie et l'humeur de Mlle de Neulise. Elle était égale et tranquille ; on l'entendait chanter quelquefois tout en vaquant aux mille occupations qu'elle avait l'art de se créer. – Bon ! tout va bien,… L'oiseau gazouille, disait Olivier. Marthe pensait tout bas que si l'on ne chantait pas, on pleurerait peut-être. Elle s'étonnait de n'avoir pas vu Valentin. Quelque chose lui disait cependant que s'il était parti, elle en aurait été avertie.

Un matin, après le déjeuner qu'on avait pris en plein air sous les arbres, un homme se présenta : il portait un sac sur le dos et un bâton à la main. C'était Valentin : il était fort pâle. Marthe devint toute blanche en le regardant ; le père Favrel le suivait tout décomposé. – Il veut s'en aller à pied, dit-il.

– Mademoiselle, vous m'avez ordonné de vous faire mes adieux : me voilà ! ajouta Valentin, qui s'appuya des deux mains sur son bâton.

Un mouvement de tendresse et de pitié pénétra le cœur de Marthe. – Etes-vous bien sûr de ne rien oublier en partant ? dit-elle.

Valentin attacha ses yeux sur elle d'un air surpris. – Demandez donc à M. Pêchereau, qui nous écoute, poursuivit-elle, si ma main est libre. Selon ce qu'il vous dira, nous pourrons nous entendre.

Le bâton s'échappa des mains de Valentin. – Ah ! mademoiselle ! dit-il.

Il voulut continuer, ne put pas, tomba à genoux devant Marthe et fondit en larmes.

– Voilà qui vaut mieux que cent paroles… Prenez ma main ! s'écria Mlle de Neulise, dont le sang animait les joues.

Tout le monde était levé. – Soyez heureuse ! dit Olivier.

– Je le serai, mon frère,… embrassez-moi !…

C'était la première fois depuis le mariage de sa sœur que Marthe embrassait Olivier.